读客当代文学文库

当代文学看读客，名家名作都在这

十八岁出门远行

余华　著

江苏凤凰文艺出版社
JIANGSU PHOENIX LITERATURE AND
ART PUBLISHING

图书在版编目（CIP）数据

十八岁出门远行 / 余华著 . -- 南京：江苏凤凰文
艺出版社，2024.3（2024.3 重印）
　（读客当代文学文库）
ISBN 978-7-5594-8455-0

Ⅰ . ①十… Ⅱ . ①余… Ⅲ . ①短篇小说 - 小说集 - 中
国 - 当代 Ⅳ . ① I247.7

中国国家版本馆 CIP 数据核字 (2024) 第 008362 号

十八岁出门远行

余华　著

责任编辑	丁小卉
特约编辑	蔡雅婷　　李亚茹
封面作品	《除夕夜》（1990 年，局部），© 张晓刚 2024
装帧设计	汪　芳
责任印制	杨　丹
出版发行	江苏凤凰文艺出版社
	南京市中央路 165 号，邮编：210009
网　　址	http://www.jswenyi.com
印　　刷	河北中科印刷科技发展有限公司
开　　本	880 毫米 ×1230 毫米 1/32
印　　张	7
字　　数	133 千字
版　　次	2024 年 3 月第 1 版
印　　次	2024 年 3 月第 3 次印刷
标准书号	ISBN 978-7-5594-8455-0
定　　价	45.00 元

江苏凤凰文艺版图书凡印刷、装订错误，可向出版社调换，联系电话：010-87681002。

目　录

十八岁出门远行　　　001

西北风呼啸的中午　　013

鲜血梅花　　　　　　023

往事与刑罚　　　　　045

死亡叙述　　　　　　067

爱情故事　　　　　　079

命中注定　　　　　　093

两个人的历史　　　　105

祖　先　　　　　　　115

此文献给少女杨柳　　143

附　录　　　　　　　　189

虚伪的作品　　　　　　　191

后　记　　　　　　　　　206

给塞缪尔·费舍尔讲故事　209

十八岁出门远行

柏油马路起伏不止，马路像是贴在海浪上。我走在这条山区公路上，我像一条船。这年我十八岁，我下巴上那几根黄色的胡须迎风飘飘，那是第一批来这里定居的胡须，所以我格外珍重它们。我在这条路上走了整整一天，已经看了很多山和很多云。所有的山所有的云，都让我联想起了熟悉的人。我就朝着它们呼唤他们的绰号。所以尽管走了一天，可我一点也不累。我就这样从早晨里穿过，现在走进下午的尾声，而且还看到了黄昏的头发。但是我还没走进一家旅店。

我在路上遇到不少人，可他们都不知道前面是何处，前面是否有旅店。他们都这样告诉我："你走过去看吧。"我觉得他们说得太好了，我确实是在走过去看。可是我还没走进一家旅店。我觉得自己应该为旅店操心。

我奇怪自己走了一天竟只遇到一辆汽车。那时是中午，那时我刚刚想搭车，但那时仅仅只是想搭车，那时我还没为旅店操心，那时我只是觉得搭一下车非常了不起。我站在路旁朝那辆汽车挥手，我努力挥得很潇洒。可那个司机看也没看我，汽车和司机一样，也是看也没看，在我眼前一闪就他妈的过去了。我就在汽车后面拼命地追了一阵，我这样做只是为了高兴，因为那时我还没有为旅店操心。我一直追到汽车消失之后，然后我对着自己哈哈大笑，但是我马上发现笑得太厉害会影响呼吸，于是我立刻不笑。接着我就兴致勃勃地继续走路，但心里却开始后悔起来，后悔刚才没在潇洒地挥着的手里放一块石子。

现在我真想搭车，因为黄昏就要来了，可旅店还在它妈肚子里。但是整个下午竟没再看到一辆汽车。要是现在再拦车，我想我准能拦住。我会躺到公路中央去，我敢肯定所有的汽车都会在我耳边来个急刹车。然而现在连汽车的马达声都听不到。现在我只能走过去看了。这话不错，走过去看。

公路高低起伏，那高处总在诱惑我，诱惑我没命地奔上去看旅店，可每次都只看到另一个高处，中间是一个叫人沮丧的弧度。尽管这样我还是一次一次地往高处奔，次次都是没命地奔。眼下我又往高处奔去。这一次我看到了，看到的不是旅店而是汽车。汽车是朝我这个方向停着的，停在公路的低处。我看到那个司机高高翘起的屁股，屁股上有晚霞。司机的脑袋我看不见，他的脑袋正塞在车头里。那车头的盖子斜斜翘起，像是翻起的嘴唇。车厢里高高堆着箩筐，我想箩筐里装的肯定是水果。当然最好是香蕉。我想他的驾驶室里应该也有,那么我一坐进去就可以拿起来吃了。虽然汽车将要朝我走来的方向开去,但我已经不在乎方向。我现在需要旅店,旅店没有就需要汽车,汽车就在眼前。

我兴致勃勃地跑了过去,向司机打招呼:"老乡,你好。"

司机好像没有听到,仍在拨弄着什么。

"老乡,抽烟。"

这时他才使了使劲,将头从里面拔出来,并伸过来一只黑乎乎的手,夹住我递过去的烟。我赶紧给他点火,他将烟叼在嘴上吸了几口后,又把头塞了进去。

于是我心安理得了,他只要接过我的烟,他就得让我坐他的车。我就绕着汽车转悠起来,转悠是为了侦察箩筐的内容。可是我看不清,便用鼻子闻,闻到了苹果味。苹果也不错,我这样想。

不一会儿他修好了车,就盖上车盖跳了下来。我赶紧走上去说:"老乡,我想搭车。"不料他用黑乎乎的手推了我一把,粗暴地说:"滚开。"

我气得无话可说,他却慢慢悠悠打开车门钻了进去,然后发动机响了起来。我知道要是错过这次机会,将不再有机会。我知道现在应该豁出去了。于是我跑到另一侧,也拉开车门钻了进去。我准备与他在驾驶室里大打一场。我进去时首先是冲着他吼了一声:"你嘴里还叼着我的烟。"这时汽车已经活动了。

然而他却笑嘻嘻地十分友好地看起我来，这让我大惑不解。他问："你上哪儿？"

我说："随便上哪儿。"

他又亲切地问："想吃苹果吗？"他仍然看着我。

"那还用问。"

"到后面去拿吧。"

他把汽车开得那么快，我敢爬出驾驶室爬到后面去吗？于是我就说："算了吧。"

他说："去拿吧。"他的眼睛还在看着我。

我说："别看了，我脸上没公路。"

他这才扭过头去看公路了。

汽车朝我来时的方向驰着，我舒服地坐在座椅上，看着窗外，和司机聊着天。现在我和他已经成为朋友了。我已经知道他是搞个体贩运的。这汽车是他自己的，苹果也是他的。我还听到了他口袋里面钱儿叮当响。我问他："你到什么地方去？"

他说："开过去看吧。"

这话简直像是我兄弟说的，这话可真亲切。我觉得自己与他更亲近了。车窗外的一切应该是我熟悉的，那些山那些云都让我联想起另一帮熟悉的人来了，于是我又叫唤起另一批绰号来了。

现在我根本不在乎什么旅店，这汽车这司机这座椅让我心安而理得。我不知道汽车要到什么地方去，他也不知道。反正前面是什么地方对我们来说无关紧要，我们只要汽车在驰着，那就驰过去看吧。

可是这汽车抛锚了。那个时候我们已经是好得不能再好的朋友了。我把手搭在他肩上，他把手搭在我肩上。他正在把他的恋爱说给我听，正要说第一次拥抱女性的感觉时，这汽车抛锚了。汽车是在上坡时抛锚的，那个时候汽车突然不叫唤了，像死猪那样突然不动了。于是他又爬到车头上去了，又把那上嘴唇翻了起来，脑袋又塞了进去。我坐在驾驶室里，我知道他的屁股此刻肯定又高高翘起，但上嘴唇挡住了我的视线，我看不到他的屁股。可我听得到他修车的声音。

过了一会儿他把脑袋拔了出来，把车盖盖上。他那时的手更黑了，他的脏手在衣服上擦了又擦，然后跳到地上走了过来。

"修好了？"我问。

"完了，没法修了。"他说。

我想完了。"那怎么办呢？"我问。

"等着瞧吧。"他漫不经心地说。

我仍在汽车里坐着，不知该怎么办。眼下我又想起什么旅店来了。那个时候太阳要落山了，晚霞则像蒸气似的在升腾。旅店就这样重又来到了我脑中，并且逐渐膨胀，不一会儿便把我的脑袋塞满了。那时我的脑袋没有了，脑袋的地方长出了一个旅店。

司机这时在公路中央做起了广播操，他从第一节做到最后一节，做得很认真。做完又绕着汽车小跑起来。司机也许是在驾驶室里待得太久，现在他需要锻炼身体了。看着他在外面活动，我在里面也坐不住，于是打开车门也跳了下去。但我没做广播操也没小跑。我在想着旅店。

这个时候我看到坡上有五个人骑着自行车下来，每辆自行车后座上都用一根扁担绑着两只很大的箩筐，我想他们大概是附近的农民，大概是卖菜回来。看到有人下来，我心里十分高兴，便迎上去喊道："老乡，你们好。"

那五个人骑到我跟前时跳下了车。我很高兴地迎了上去，问："附近有旅店吗？"

他们没有回答，而是问我："车上装的是什么？"

我说："是苹果。"

他们五人推着自行车走到汽车旁，有两个人爬到了汽车上，接着就翻下来十筐苹果，下面三个人把筐盖掀开往他们自己的筐里倒。我一时间还不知道发生了什么，那情景让我目瞪口呆。我明白过来就冲了上去，责问："你们要干什么？"

他们谁也没理睬我，继续倒苹果。我上去抓住其中一个人的手喊道："有人抢苹果啦！"这时有一只拳头朝我鼻子上狠狠地揍来了，我被打出几米远。爬起来用手一摸，鼻子软塌塌的像是挂在脸上，鲜血像是伤心的眼泪一样流。可当我看清打我的那个身强力壮的大汉时，他们五人已经跨上自行车骑走了。

司机此刻正在慢慢地散步，嘴唇翻着大口大口喘气，他刚才大概跑累了。他好像一点也不知道刚才的事。我朝他喊："你的苹果被抢走了！"可他根本没注意我在喊什么，仍在慢慢地散步。我真想上去揍他一拳，也让他的鼻子挂起来。我跑过去对着他的耳朵大喊："你的苹果被抢走了。"他这才转身看起我来，我发现他的表情越来越高兴，我发现他是在看我的鼻子。

这时候，坡上又有很多人骑着自行车下来了，每辆车后面都有两只大筐，骑车的人里面有一些孩子。他们蜂拥而来，又立刻将汽车包围。好些人跳到汽车上面，于是装苹果的箩筐纷纷而下，苹果从一些摔破的筐中像我的鼻血一样流了出来。他们都发疯般往自己筐中装苹果。才一瞬间工夫，车上的苹果全到了地上。那时有几辆手扶拖拉机从坡上隆隆而下，拖拉机也停在汽车旁，跳下一帮大汉开始往拖拉机上装苹果，那些空了的箩筐一只一只被扔了出去。那时的苹果已经满地滚了，所有人都像蛤蟆似的蹲着捡苹果。

我是在这个时候奋不顾身扑上去的，我大声骂着"强盗！"扑了上去。于是有无数拳脚前来迎接，我全身每个地方几乎同时挨了揍。我支撑着从地上爬起来时，几个孩子朝我击来苹果，苹果撞在脑袋上碎了，但脑袋没碎。我正要扑过去揍那些孩子，有一只脚狠狠地踢在我腰部。我想叫唤一声，可嘴巴一张却没有声音。我跌坐在地上，我再也爬不起来了，只能看着他们乱抢苹果。我开始用眼睛去寻找那司机，这家伙此时正站在远处朝我哈哈大笑，我便知道现在自己的模样一定比刚才的鼻子更精彩了。

那个时候我连愤怒的力气都没有了。我只能用眼睛看着这使我愤怒至极的一切。我最愤怒的是那个司机。

坡上又下来了一些手扶拖拉机和自行车，他们也投入到这场抢劫中去。我看到地上的苹果越来越少，看着一些人离去和一些人到来。来迟的人开始在汽车上动手，我看着他们将车窗玻璃卸了下来，将轮胎卸了下来，又将木板撬了下来。轮胎被卸去后的汽车显得特别垂头丧气，它趴在地上。一些孩子则去捡那些刚才被扔出去的箩筐。我看着地上越来越干净，人也越来越少。可我那时只能看着了，因为我连愤怒的力气都没有了。我坐在地上爬不起来，我只能让目光走来走去。

现在四周空荡荡了，只有一辆手扶拖拉机还停在趴着的汽车旁。有几个人在汽车旁东瞧西望，是在看看还有什么东西可以拿走。看了一阵后才一个一个爬到拖拉机上，于是拖拉机开动了。

这时我看到那个司机也跳到拖拉机上去了，他在车斗里坐下来后还在朝我哈哈大笑。我看到他手里抱着的是我那个红色的背包。他把我的背包抢走了。背包里有我的衣服和我的钱，还有食品和书。可他把我的背包抢走了。

我看着拖拉机爬上了坡，然后就消失了，但仍能听到它的声音，可不一会儿连声音都没有了。四周一下子寂静下来，天也开始黑下来。我仍在地上坐着，我这时又饥又冷，可我现在什么都没有了。

我在那里坐了很久，然后才慢慢爬起来。我爬起来时很艰难，因为每动一下全身就剧烈地疼痛，但我还是爬了起来。我一拐一拐地走到汽车旁边。那汽车的模样真是惨极了，它遍体鳞伤地趴在那里，我知道自己也是遍体鳞伤了。

天色完全黑了，四周什么都没有，只有遍体鳞伤的汽车和遍体鳞伤的我。我无限悲伤地看着汽车，汽车也无限悲伤地看着我。我伸出手去抚摸它。它浑身冰凉。那时候开始起风了，风很大，山上树叶摇动时的声音像是海涛的声音，这声音使我恐惧，使我也像汽车一样浑身冰凉。

我打开车门钻了进去，座椅没被他们撬去，这让我心里稍稍有了安慰。我就在驾驶室里躺了下来。我闻到了一股漏出来的汽油味，那气味像是我身内流出的血液的气味。外面风越来越大，但我躺在座椅上开始感到暖和一点了。我感到这汽车虽然遍体鳞伤，可它心窝还是健全的，还是暖和的。我知道自己的心窝也是暖和的。我一直在寻找旅店，没想到旅店你竟在这里。

我躺在汽车的心窝里，想起了那么一个晴朗温和的中午，那时的阳光非常美丽。我记得自己在外面高高兴兴地玩了半天，然后我回家了，在窗外看到父亲正在屋内整理一个红色的背包，我扑在窗口问："爸爸，你要出门？"

父亲转过身来温和地说："不，是让你出门。"

"让我出门？"

"是的，你已经十八了，你应该去认识一下外面的世界了。"

后来我就背起了那个漂亮的红背包，父亲在我脑后拍了一下，就像在马屁股上拍了一下，于是我欢快地冲出了家门，像一匹兴高采烈的马一样欢快地奔跑了起来。

一九八六年十一月十六日

西北风呼啸的中午

阳光从没有一丝裂隙一点小洞的窗玻璃外面窜了进来，几乎窜到我扔在椅子里的裤子上，那时我赤膊躺在被窝里，右手正在挖右眼角上的眼垢，这是我睡觉时生出来的。现在我觉得让它继续搁在那里是不合适的，但是去粗暴地对待它也没有道理。因此我挖得很文雅。而此刻我的左眼正闲着，所以就打发它去看那裤子。裤子是昨晚睡觉时脱的，现在我很后悔昨晚把它往椅子上扔时扔得太轻率，以至此刻它很狼狈地耷拉着，我的衣服也是那模样。如今我的左眼那么望着它们，竟开始怀疑起我昨夜睡着时是否像蛇一样脱了一层壳，那裤子那衣服真像是这样。这时有一丝阳光来到了裤管上，那一点跳跃的光亮看上去像一只金色的跳蚤。于是我身上痒了起来，便让那闲着的左手去搔，可左手马上就顾不过来了，只能再让右手去帮忙。

有人在敲门了。

起先我还以为是在敲邻居的门，可那声音却分明是直冲我来。于是我惊讶起来。我想谁会来敲我的门呢？除非是自己，而自己此刻正躺在床上。大概是敲错门了。我就不去搭理，继续搔痒。我回想着自己每次在外面兜了一圈回来时，总要在自己门上敲上一阵，直到确信不会有人来开门我才会拿出钥匙。这时那门像是要倒塌似的巨响起来。我知道现在外面那人不是用手而是用脚了，随即还来不及容我考虑对策，那门便沉重地跌倒在地，发出的巨响将我的身体弹了几下。

一个满脸络腮胡子的彪形大汉来到床前，怒气冲冲地朝我吼道："你的朋友快死了，你还在睡觉。"

这个人我从未见过，不知道是谁生的。我对他说："你是不是找错地方了？"

他坚定地回答："绝对不会错。"

他的坚定使我疑惑起来，疑惑自己昨夜是否睡错了地方。我赶紧从床上跳起来，跑到门外去看门牌号码。可我的门牌此刻却躺在屋内。我又重新跑进来，在那倒在地上的门上找到了门牌。上面写着——

虹桥新村26号3室

我问他："这是不是你刚才踢倒的门？"

他说："是的。"

这就没错了。我对他说："你肯定是找错地方了。"

现在我的坚定使他疑惑了。他朝我瞧了一阵，然后问："你是不是叫余华？"

我说："是的，可我不认识你。"

他听后马上又怒气冲冲地朝我吼了起来："你的朋友快死了！"

"但是我从来就没有什么朋友。"我也吼了起来。

"你胡说，你这个卑鄙的小市民。"他横眉竖眼地说。

我对他说："我不是什么小市民，这一点我屋内堆满的书籍可以向你证明。如果你想把你的朋友硬塞给我，我绝不会要。因为我从来就没有什么朋友。不过……"我缓和了一下口气，继续说："不过你可以把你的朋友去送给4室，也就是我的邻居，他有很多朋友，我想再增加一个他不会在意的。"

"可他是你的朋友，你休想赖掉。"他朝我逼近一步，像是要把我一口吞了。

"可是他是谁呢？"

他说出了一个我从未听到过的名字。

"我从来就不认识这个人。"我马上喊了起来。

"你这个忘恩负义的小市民。"他伸出像我小腿那么粗的胳膊，想来揪我的头发。

我赶紧缩到床角落里，气急败坏地朝他喊："我不是小市民，我的书籍可以证明。如果你再叫我一声小市民，我就要请你滚出去了。"

他的手突然往下一摆伸进了我的被窝，他那冰冷而有力的手抓住了我温热却软弱的脚了。然后我整个人被他从被窝里提了出来，他将我扔到地上。他说："快点穿衣服，否则我就这么揪着你去了。"

我知道跟这家伙再争辩下去是毫无意义的，因为他的力气起码比我大五倍。他会像扔一条裤子似的把我从窗口扔出去。于是我就说："既然一个快死的人想见我，我当然是乐意去的。"说完便从地上爬起来，开始穿衣服。

就是这样，在这个见鬼的中午，这个大汉一脚踹塌了我的房门，给我送来了一个我根本不想要的朋友，而且还是一个行将死去的朋友。此刻屋外的西北风正呼呼地起劲叫唤着。我没有大衣，没有围巾，也没有手套和帽子。我穿着一身单薄的衣服，就要跟着这个有大衣有围巾，还有手套和帽子的大汉，去见那个不知道是什么模样的朋友。

街上的西北风像是吹两片树叶似的把我和大汉吹到了朋友的屋门口。我看到屋门口堆满了花圈。大汉转过脸来无限悲伤地说："你的朋友死了。"

我还来不及细想这结果是值得高兴还是值得发愁，就听到了一片嘹亮的哭声。大汉将我推入这哭声中。

于是一群悲痛欲绝的男女围了上来，他们用一种令人感动不已的体贴口气对我说："你要想得开一点。"

而此时我也只能装作悲伤的样子点着头了。因为此时已没有意思再说那些我真正想说的话。我用手轻轻拍着他们的肩膀，轻轻摸着他们的头发，表示我感谢他们的安慰。我还和几个强壮的男人长久而又有力地握手，同时向他们发誓说我一定会想得开的。

这时一个老态龙钟的女人走了上来，眼泪汪汪地抓着我的手说："我的儿子死了。"

我告诉她："我知道了，我很悲伤，因为这太突然了。"我本来还想说自己昨天还和她儿子一起看太阳。

她于是痛哭起来，她尖厉的哭声使我毛骨悚然。我对她说："你要想得开一点。"然后我感到她的哭声轻了下去，她开始用我的手擦她的眼泪。接着她抬起头来对我说："你也要想得开一点。"

我用力地点点头，说："我会想得开的。你可要保重身体。"

她又用我的手去擦眼泪了，她把我的手当成手帕了。她那混浊又滚烫的泪水在我手上一塌糊涂地涂了开来。我想抽回自己的手，可她抓得太紧了。她说："你也要保重身体。"

我说："我会保重身体的，我们都要保重身体。我们要化悲痛为力量。"

她点点头，然后说："我儿子没能等到你来就闭眼了，你不会怪他吧？"

"不会的，我不会怪他。"我说。

　　她又哇哇地哭开了，哭了一阵她对我说："我只有这么一个儿子，可他死了。现在你就是我的儿子了。"

　　我使劲将手抽了回来，装作要擦自己的眼泪。我根本没有眼泪。然后我告诉她："其实很久以来我一直把你当成自己的母亲。"我现在只能这样说了。

　　这句话惹得她更伤心地哭了起来。于是我只好去轻轻拍打她的肩膀，拍到我手酸时她才止住了哭声。然后她牵着我的手来到一个房间的门前，她对我说："你进去陪陪我儿子吧。"

　　我推开门走了进去，里面空无一人但却有个死人躺着。死人躺在床上，身上盖着一块白布。旁边有一把椅子，像是为我准备的，于是我就坐了上去。

　　我在死者身旁坐了很久，然后才掀开那白布去看看死者的模样。我看到了一张惨白的脸，在这张脸上很难看出年龄来。这张脸是我从未见到过的。我随即将白布重又盖上，心里想：这就是我的朋友。

　　我就这样坐在这个刚才看了一眼但又顷刻遗忘的死人身旁。我到这儿来并非我自愿，我是无可奈何而来。尽管这个我根本没打算接纳的朋友已经死了，可我仍没卸去心上的沉重。因为他的母亲接替了他。一个我素不相识也就谈不上有什么好感的老女人成了我的母亲。她把我的手当成她的手帕让我厌烦，可我只能让她擦，而且当以后任何时候她需要时，我都得恭恭敬敬地将自己的手送上去，却不得有半句怨言。我很清楚接下去我要干些什么。我应该掏出二十元钱去买一个大花圈，我还要披麻戴孝为他守灵，还得必须痛哭一场，还得捧着他的骨灰挽着他的母亲去街上兜圈子。而且当这些全都过去以后，每年清明我都得为他去扫墓。并且将继承他的未竟之业去充当孝子……然而眼下对我来说最重要的是立刻去找个木匠，请他替我装上被那大汉一脚踢倒的房门，可我眼下只能守在这个死鬼身旁。

一九八七年二月十四日

鲜血梅花

一

一代宗师阮进武死于两名武林黑道人物之手，已是十五年前的依稀往事。在阮进武之子阮海阔五岁的记忆里，天空飘满了血腥的树叶。

阮进武之妻已经丧失了昔日的俏丽，白发像杂草一样在她的头颅上茁壮成长。经过十五年的风吹雨打，手持一把天下无敌梅花剑的阮进武，飘荡在武林中的威风如其妻子的俏丽一样荡然无存了。然而在当今一代叱咤江湖的少年英雄里，有关梅花剑的传说却经久不衰。

一旦梅花剑沾满鲜血，只需轻轻一挥，鲜血便如梅花般飘离剑身，只留一滴永久盘踞剑上，状若一朵袖珍梅花。梅花剑几代相传，传至阮进武手中，已有七十九朵鲜血梅花。阮进武横行江湖二十年，在剑上增添二十朵梅花。梅花剑一旦出鞘，血光四射。

阮进武在十五年前神秘死去，作为一个难解之谜，在他妻子心中一直盘踞至今。那一日的黑夜寂静无声，她在一片月光照耀下昏睡不醒，那时候她的丈夫在屋外的野草丛里悄然死去了。在此后的日子里，她将丈夫生前的仇敌在内心一一罗列出来，其结果却是一片茫然。

在阮进武生前的最后一年里，有几个明亮的清晨，她推开屋门，看到了在阳光里闪烁的尸体。她全然不觉丈夫曾在深夜离床出屋与刺客舞剑争生。事实上在那个时候，她已经隐约预感到丈夫躺在阳光下闪烁不止的情形。这情形在十五年前那个宁静之晨栩栩如生地来到了。阮进武仰躺在那堆枯黄的野草丛里，舒展的四肢暗示着某种无可奈何。他的双眼生长出两把黑柄的匕首。近旁一棵萧条的树木飘下的几张树叶，在他头颅的两侧随风波动，树叶沾满鲜血。后来，她看到儿子阮海阔捡起了那几张树叶。

阮海阔以树根延伸的速度成长起来，十五年后他的躯体开始微微飘逸出阮进武的气息。然而阮进武生前的威武却早已化为尘土，并未寄托到阮海阔的血液里。阮海阔朝着他母亲所希望的相反方向成长，在他二十岁的今天，他的躯体被永久地固定了下来。因此，当这位虚弱不堪的青年男子出现在他母亲眼前时，她恍恍惚惚体会到了惨不忍睹。但是十五年的忍受已经不能继续延长，她感到让阮海阔上路的时候应该来到了。

在这个晨光飘洒的时刻，她首次用自己的目光抚摸儿子，用一种过去的声音向他讲述十五年前的这个时候，他的父亲躺在野草丛里死去了，她说：

"我没有看到他的眼睛。"

她经过十五年时间的推测，依然无法确知凶手是谁。

"但是你可以去找两个人。"

她所说的这两个人，曾于二十年前在华山脚下与阮进武高歌比剑，也是阮进武威武一生唯一没有击败过的两名武林高手。他们中间任何一个都会告诉阮海阔杀父仇人是谁。

"一个叫青云道长，一个叫白雨潇。"

青云道长和白雨潇如今也已深居简出，远离武林的是是非非。尽管如此，历年来留存于武林中的许多难解之谜，在他俩眼中如一潭清水一样清晰可见。

阮海阔在母亲的声音里端坐不动，他知道接下去将会出现什么，因此几条灰白的大道和几条翠得有些发黑的河流，开始隐约呈现出来。母亲的身影在这个虚幻的背景前移动着，然后当年与父亲一起风流武林的梅花剑，像是河面上的一根树干一样漂了过来。阮海阔在接过梅花剑的时候，触摸到母亲冰凉的手指。

母亲告诉他：剑上已有九十九朵鲜血梅花。她希望杀夫仇人的血能在这剑身上开放出一朵新鲜的梅花。

阮海阔肩背梅花剑，走出茅屋。一轮红日在遥远的天空里飘浮而出，无比空虚的蓝色笼罩着他的视野。置身其下，使他感到自己像一只灰黑的麻雀独自前飞。

在他走上大道时，不由回头一望。于是看到刚才离开的茅屋出现了与红日一般的颜色。红色的火焰贴着茅屋在晨风里翩翩起舞。在茅屋背后的天空中，一堆早霞也在熊熊燃烧。阮海阔那么看着，恍恍惚惚觉得茅屋的燃烧是天空里掉落的一片早霞。阮海阔听到了茅屋破碎时分裂的响声，于是看到了如水珠般四溅的火星。然后那堆火轰然倒塌，像水一样在地上洋溢开去。

阮海阔转身沿着大道往前走去，他感到自己跨出去的脚被晨风吹得飘飘悠悠。大道在前面虚无地延伸。母亲自焚而死的用意，他深刻地领悟到了。在此后漫长的岁月里，已无他的栖身之处。

没有半点武艺的阮海阔，肩背名扬天下的梅花剑，去寻找十五年前的杀父仇人。

二

母亲死前道出的那两个名字，在阮海阔后来无边无际的寻找途中，如山谷里的回声一般空空荡荡。母亲死前并未指出这两人现在何处，只是点明他俩存在于世这个事实。因此阮海阔行走在江河群山、集镇村庄之中的寻找，便显得十分渺小和虚无。然而正是这样的寻找，使阮海阔前行的道路出现无比广阔的前景，支持着他一日紧接一日的漫游。

阮海阔在母亲自焚之后踏上的那条大道，一直弯弯曲曲延伸了十多里，然后被一条河流阻断。阮海阔在走过木桥，来到河流对岸时，已经忘记了自己所去的方向，从那一刻以后，方向不再指导着他。他像是飘在大地上的风一样，随意地往前行走。他经过的无数村庄与集镇，尽管有着百般姿态，然而它们以同样的颜色的树木，同样形状的房屋组成，同样的街道上走着同样的人。因此阮海阔一旦走入某个村庄或集镇，就如同走入了一种回忆。

这种漫游持续了一年多以后，阮海阔在某一日傍晚时分来到了一个十字路口。十字路口的出现，在他的漫游里已经重复了无数次。寻找青云道长和白雨潇，在这里呈现出几种可能。然而在阮海阔绵绵不绝的漫游途中，十字路口并不比单纯往前的大道显示出几分犹豫。

此刻的十字路口在傍晚里接近了他。他看到前方起伏的群山，落日的光芒从波浪般联结的山峰上放射出来，呈现一道山道般狭长的辉煌。而横在前方的那条大道所指示的两端，却是一片片荒凉的泥土，霞光落在上面，显得十分粗糙。因此他在接近十字路口的时候，内心已经选择了一直往前的方向。正是一直以来类似于这样的选择，使他在一年多以后，来到了这里。

然而当他完成了对十字路口的选择以后很久，他才蓦然发现自己已经远离了那落日照耀下的群山。出现了这样一个事实，他并没有按照自己事前设计的那样一直往前，而是在十字路口处往右走上了那条指示着荒凉的大道。那时候落日已经消失，天空出现一片灰白的颜色。当他回首眺望时，十字路口显得含含糊糊，然后他转回身继续在这条大道上往前走去。在他重新回想刚才走到十字路口处的情景时，那一段经历却如同不曾有过一样，他的回想在那里变成了一段空白。

他的行走无法在黑夜到来后终止，因为刚才的错觉，使他走上了一条没有飘扬过炊烟的道路。直到很久以后，一座低矮的茅屋才远远地出现，里面的烛光摇摇晃晃地透露出来，使他内心出现一片午后的阳光。他在接近茅屋的时候，渐渐嗅到了一阵阵草木的艳香。那气息飘飘而来，如晨雾般弥漫在茅屋四周。

他走到茅屋门前，伫立片刻，里面没有点滴动静。他回首望了望无边的荒凉，便举起手指叩响了屋门。

屋门立即发出一声如人惊讶的叫唤，一个艳丽无比的女子站在门内。如此突然的出现，使他一时间不知所措。他觉得这女子仿佛早已守候在门后。

然而那女子却是落落大方，似乎一眼看出了他的来意，也不等他说话，便问他是否想在此借宿。

他没有说话，只是随着女子步入屋内，在烛光闪烁的案前落座。借着昏暗的烛光，他细细端详眼前这位女子，依稀觉得这女子脸上有着一层厚厚的胭脂。胭脂使她此刻呈现在脸上的迷人微笑有些虚幻。

然后他发现女子已经消失，他丝毫没有觉察到她消失的过程。然而不久之后他听到了女子在里屋上床时的响声，仿佛树枝在风中摇动一样的响声。

女子在里屋问他：

"你将去何处？"

那声音虽只是一墙之隔，却显得十分遥远。声音唤起了母亲自焚时茅屋燃烧的情景，以及他踏上大道后感受到的凉风。那一日清晨的风，似乎正吹着此刻这间深夜的茅屋。

他告诉她：

"去找青云道长和白雨潇。"

于是女子轻轻坐起，对阮海阔说：

"若你找到青云道长，替我打听一个名叫刘天的人，不知他现在何处。你就说是胭脂女求教于他。"

阮海阔答应了一声，女子复又躺下。良久，她又询问了一声：

"记住了？"

"记住了。"阮海阔回答。

女子始才安心睡去。阮海阔一直端坐到烛光熄灭。不久之后黎明便铺展而来。阮海阔悄然出门，此刻屋外晨光飘洒，他看到茅屋四周尽是些奇花异草，在清晨潮湿的风里散发着阵阵异香。

阮海阔踏上了昨日离开的大道，回顾昨夜过来的路，仍是无比荒凉。而另一端不远处却出现了一条翠绿的河流，河面上漂浮着丝丝霞光。阮海阔走向了河流。

多日以后，当阮海阔重新回想那一夜与胭脂女相遇的情形，已经恍若隔世。阮海阔虽是武林英雄后代，然而十五年以来从未染指江湖，所以也就不曾听闻胭脂女的大名。胭脂女是天下第二毒王，满身涂满了剧毒的花粉，一旦花粉洋溢开来，一丈之内的人便中毒身亡。故而那一夜胭脂女躲入里屋与阮海阔说话。

三

阮海阔离开胭脂女以后，继续漫游在江河大道之上、群山村庄之中。如一张漂浮在水上的树叶，不由自主地随波逐流。然而在不知不觉中，阮海阔开始接近黑针大侠了。

黑针大侠在武林里的名声，飘扬在胭脂女附近，已在江湖上威武了十来年。他是使暗器的一流高手。尤其是在黑夜里，每发必中。暗器便是他一头黑发，黑发一旦脱离头颅就坚硬如一根黑针。在黑夜里射出时没有丝毫光亮。黑针大侠闯荡江湖多年，因此头上的黑发开始显出了荒凉的景致。

阮海阔无尽地行走，在他离开胭脂女多月以后，出现在了某一个喧闹的集镇的街市上。那已是傍晚时刻，一直指引着他向前的大道，在集镇的近旁伸向了另一个方向。如果不是傍晚的来临，阮海阔便会继续遵照大道的指引，往另一个方向走去。然而傍晚改变了他的意愿，使他走入了集镇。他知道自己翌日清晨以后，会重新踏上这条大道。

阮海阔行走在街上，由于长久的疲倦，他觉得自己如一件衣服一样飘在喧闹的人声中。因此当他走入一家客店之后不久，便在附近楼台上几位歌伎轻声细语般的歌声里沉沉睡去了。

在黎明来到之前，阮海阔像是窗户被风吹开一样苏醒过来。那时候月光透过窗棂流淌在他的床上，户外寂静无声。阮海阔睁眼躺了良久，后来听到了几声马嘶。马嘶声使他眼前呈现出了傍晚离开的那条大道。大道延伸时茫然若失的情景，使他坐了起来，又使他离开了客店。

事实上，在月光照耀下的阮海阔，离开集镇以后并没有踏上昨日的大道，而是被一条河流旁的小路招引了过去。他沿着那条波光闪闪的河流走入了黎明，这才发现自己身在何处，而在此之前，他似乎以为自己一直走在昨日继续下去的大道上。

那时候一座村庄在前面的黎明里安详地期待着他。阮海阔朝村庄走去。村口有一口被青苔包围的井和一棵榆树，还有一个人坐在榆树下。

坐在树下那人在阮海阔走近以后，似看非看地注视着他。阮海阔一直走到井旁，井水宁静地制造出了另一张阮海阔的脸。阮海阔提起井边的木桶，向自己的脸扔了下去。他听到了井水如惊弓之鸟般四溅的声响。他将木桶提上来时，他的脸在木桶里接近了他。阮海阔喝下几口如清晨般凉爽的井水，随后听到树下那人说话的声音：

"你出来很久了吧？"

阮海阔转身望去，那人正无声地望着他。仿佛刚才的声音不是从那里飘出。阮海阔将目光移开，这时那声音又响了起来：

"你去何处？"

阮海阔继续将目光飘到那人身上，他看到清晨的红日使眼前这棵树和这个人散发出闪闪红光。声音唤起了他对青云道长和白雨潇虚无缥缈的寻找。阮海阔告诉他：

"去找青云道长和白雨潇。"

这时那人站立起来，他向阮海阔走来时，显示了他高大的身材。但是阮海阔却注意到了他头颅上荒凉的黑发。他走到阮海阔身前，用一种不容争辩的声音说：

"你找到青云道长，就说我黑针大侠向他打听一个名叫李东的人，我想知道他现在何处。"

阮海阔微微点了点头，说：

"知道了。"

阮海阔走下井台，走上了刚才的小路。小路在潮湿的清晨里十分犹豫地向前伸长，阮海阔走在上面，耳边重新响起多月前胭脂女的话语。胭脂女的话语与刚才黑针大侠所说的，像是两片碰在一起的树叶一样，在他前行的路上响着同样的声音。

四

阮海阔在时隔半年以后，在一条飘着枯树叶子的江旁与白雨潇相遇。

那时候阮海阔漫无目标的行走刚刚脱离大道，来到江边。渡船已在江心摇摇晃晃地漂浮，江面上升腾着一层薄薄的水汽。

一位身穿白袍，手持一柄长剑的老人正穿过无数枯树向他走来。老人的脚步看去十分有力，可走来时却没有点滴声响，仿佛双脚并未着地。老人的白发白须迎风微微飘起，飘到了阮海阔身旁。

渡船已经靠上了对岸，有三个行人走了上去。然后渡船开始往这边漂浮而来。

白雨潇站在阮海阔身后，看到了插在他背后的梅花剑。黝黑的剑柄和作为背景波动的江水同时进入白雨潇的视野，勾起无数往事，而正在接近的渡船，开始隐约呈现出阮进武二十年前在华山脚下的英姿。

渡船靠岸以后，阮海阔先一步跨入船内，船剧烈地摇晃起来，可当白雨潇跨上去后，船便如岸上的磐石一样平稳了。船开始向江心渡去。

虽然江水急涌而来，拍得船舷水珠四溅，可坐在船内的阮海阔却感到自己仿佛是坐在岸上一样。故而刚才伫立岸边看渡船摇晃而去的情景，此刻回想起来觉得十分虚幻。阮海阔看着江岸慢慢退去，却没有发现白雨潇正以同样的目光注视着他。

白雨潇十分轻易地从阮海阔身上找到了二十年前的阮进武。但是阮海阔毕竟不是阮进武。阮海阔脸上丝毫没有阮进武的威武自信，他虚弱不堪又茫然若失地望着江水滚滚流去。

渡船来到江心时，白雨潇询问阮海阔：

"你背后的可是梅花剑？"

阮海阔回过头来望着白雨潇，他答：

"是梅花剑。"

白雨潇又问："是你父亲留下的？"

阮海阔想起了母亲将梅花剑递过来时的情景，这情景在此刻江面的水汽里若隐若现。他点了点头。

白雨潇望了望急流而去的江水，再问：

"你在找什么人吧？"

阮海阔告诉他：

"找青云道长。"

阮海阔的回答显然偏离了母亲死前所说的话，他没有说到白雨潇，事实上他在半年前离开黑针大侠以后，因为胭脂女和黑针大侠委托之言里没有白雨潇，白雨潇的名字便开始在他的漫游里渐渐消散。

白雨潇不再说话，他的目光从阮海阔身上移开，望着正在来到的江岸。待船靠岸后，他与阮海阔一起上了岸，又一起走上了一条大道。然后白雨潇径自走去了。而阮海阔则走向了大道的另一端。

曾经携手共游江湖的青云道长和白雨潇，在五年前已经反目为敌，这在武林里早已是众所周知。

五

与白雨潇在那条江边偶然相遇之事，在阮海阔此后半年的空空荡荡的漫游途中，总是时隐时现。然而阮海阔无法想到这位举止非凡的老人便是白雨潇。只是难以忘记他身穿白袍潇洒而去的情景。那时候阮海阔已经与他背道而去，一次偶然的回首，他看到老人白色的身影走向青蓝色的天空，那时田野一望无际，巨大而又空虚的天空使老人走去的身影显得十分渺小。

多月之后，过度的劳累与总是折磨着他的饥饿，使他病倒在长江北岸的一座群山环抱的集镇里。那时他已经来到一条蜿蜒伸展的河流旁，一座木桥卧在河流之上。他尽管虚弱不堪，可还是踏上了木桥，但是在木桥中央他突然跪倒了，很久之后都无法爬起来，只能看着河水长长流去。直到黄昏来临，他才站立起来，黄昏使他重新走入集镇。

他在客店的竹床上躺下以后，屋外就雨声四起。他躺了三天，雨也持续了三天，他听着河水流动的声音越来越响亮。他感到水声流得十分遥远，仿佛水声是他的脚步一样正在远去。

于是他时时感到自己并未卧床不起，而是继续着由来已久的漫游。

雨在第四日清晨蓦然终止，缠绕着他的疾病也在这日清晨消散。阮海阔便继续上路。但是连续三日的大雨已经冲走了那座木桥，阮海阔无法按照病倒前的设想走到河流的对岸。他在木桥消失的地方站立良久，看着路在那滔滔的河流对岸如何伸入了群山。他无法走过去，于是便沿着河流走去。他觉得自己会遇上一座木桥的。

然而阮海阔行走了半日，虽然遇到几条延伸过来的路，可都在河边突然断去，然后又在河对岸伸展出来。他觉得自己永远难以踏上对岸的路。这个时候，一座残缺不全的庙宇开始出现。庙宇四周树木参天，阮海阔穿过杂草和乱石，走入了庙宇。

阮海阔置身于千疮百孔的庙宇之中，看到阳光从四周与顶端的裂口倾泻进来，形成无数杂乱无章的光柱。他那么站了一会儿以后，听到一个如钟声一样的声音：

"阮进武是你什么人？"

声音在庙宇里发出了嗡嗡的回音。阮海阔环顾四周，他的目光被光柱破坏，无法看到光柱之外。

"是我父亲。"阮海阔回答。

声音变成了河水流动似的笑声，然后又问：

"你身后的可是梅花剑？"

"是梅花剑。"

声音说："二十年前阮进武手持梅花剑来到华山脚下……"声音突然中止，良久才继续道："你离家已有多久了？"

阮海阔没有回答。

声音又问："你为何离家？"

阮海阔说："我在找青云道长。"

声音这次成为风吹树叶般的笑声，随后告诉阮海阔：

"我就是青云道长。"

胭脂女和黑针大侠委托之言此刻在阮海阔内心清晰响起。于是他说：

"胭脂女打听一个名叫刘天的人，不知这个人现在何处？"

青云道长沉吟片刻，然后才说：

"刘天七年前已去云南，不过现在他已走出云南，正往华山而去，参加十年一次的华山剑会。"

阮海阔在心里重复一遍后，又问：

"李东现在何处？黑针大侠向你打听。"

"李东七年前去了广西，他此刻也正往华山而去。"

母亲死前的声音此刻才在阮海阔内心浮现出来。当他准备询问十五年前的杀父仇人是谁时，青云道长却说：

"我只回答两个问题。"

然后阮海阔听到一道风声从庙宇里飘出，风声穿过无数树叶后销声匿迹了。他知道青云道长已经离去，但他还是站立了很久，然后才走出庙宇。

阮海阔继续沿着河流行走，白雨潇的名字在消失了很长一段时间后，重又来到。阮海阔在河旁行走半日后，一条大道在前方出现，于是他放弃了越过河流的设想，走上了大道，开始了对白雨潇的寻找。

六

阮海阔对白雨潇的寻找，是他漫无目标漂泊之旅的无限延长。此刻青云道长在他内心如一道烟一样消失了。而胭脂女和黑针大侠委托之事虽已完成，可在他后来的漫游途中，却如云中之月一样若有若无。尽管胭脂女和黑针大侠的模糊形象，会偶尔地出现在道路的前方，但他们的居住之处，阮海阔早已遗忘。因此他们像白雨潇一样显得虚无缥缈。

然而阮海阔毫无目的地漂泊，却在暗中开始接近黑针大侠了。他身不由己的行走进行到这一日傍晚时，来到了黑针大侠居住的村口。

这一日傍晚的情景与他初次来到的清晨似乎毫无二致。黑针大侠那时正坐在那棵古老的榆树下，落日的光芒和作为背景的晚霞使阮海阔感到无比温暖。这时候他已经知道来到了何处。他如上次一样走上了井台，提起井旁的木桶扔入井内，提上来以后喝下一口冰凉的井水，井水使他感受到了正在来临的黑夜。然后他回头注视着黑针大侠，他看到黑针大侠也正望着自己，于是他说：

"我找到青云道长了。"

他看到黑针大侠脸上出现了迷惑的神色，显然黑针大侠已将阮海阔彻底遗忘，就像阮海阔遗忘他的居住之处一样。阮海阔继续说：

"李东已经离开广西，正往华山而去。"

黑针大侠始才醒悟过来，他突然仰脸大笑。笑声使榆树的树叶纷纷飘落。笑毕，黑针大侠站起走入了近旁的一间茅屋。不久他背着包袱走了出来，走到阮海阔身旁时略略停顿了一下，说：

"你就在此住下吧。"

说罢，他疾步而去。

阮海阔看着他的身影在那条小路的护送下，进入了沉沉而来的夜色。然后他才回身走入黑针大侠的茅屋。

七

阮海阔在离开黑针大侠的茅屋十来天后，一种奇怪的感觉使他隐约感到自己正离胭脂女越来越近。事实上他已不由自主地走上了那条指示着荒凉的大道。他在无知的行走中与黑针大侠重新相遇以后，依然是无知的行走使他接近了胭脂女。

那是中午的时刻，很久以前在黑夜里行走过的这条大道，现在以灿烂的姿态迎接了他。然而阳光的明媚无法掩饰道路伸展时的荒凉。阮海阔依稀回想起很久以前这条大道的黑暗情景。

不久之后他嗅到了阵阵异香，那时他已看到了远处的茅屋。他明白自己已经来到了何处。当他来到茅屋近前时，那一日清晨曾经向他招展过的奇花异草，在此刻中午阳光的照耀下，使他感到一种难以承受的热烈。

胭脂女伫立在花草之中，她的容颜比那个夜晚所见更为艳丽。奇花异草的簇拥，使她全身五彩缤纷。她看着阮海阔走来，如同看着一条河流来。

阮海阔没有走到她身旁，她异样的微笑使他在不远处无法举步向前，他告诉她：

"刘天现在正走在去华山的路上，他已经离开云南。"

胭脂女听后嫣然一笑，然后扭身走出花草，走入茅屋，她拖在地上的影子如一股水一样流入了茅屋。

阮海阔站了一会儿，胭脂女进去以后并没有立刻出来。于是他转身离去了。

八

阮海阔对白雨潇的寻找，在后来又继续了三年。在三年空虚的漂泊之后，这一日由于过度的劳累，他在一条大道中央的凉亭里席地而睡。

在阮海阔沉睡之时，一个白须白袍的老人飘然而至，他朝阮海阔看了很久，从此刻放在地上的梅花剑，他辨认出了这位沉睡的男子便是多年前曾经相遇过的阮进武之子。于是他蹲下身去拿起了梅花剑。

梅花剑的离去，使阮海阔蓦然醒来。他第二次与白雨潇相遇就这样实现了。

白雨潇微微一笑，问："还没有找到青云道长？"

这话唤起了阮海阔十分遥远的记忆，事实上这三年对白雨潇空荡荡的寻找，已经完全抹去了青云道长。

阮海阔说：

"我在找白雨潇。"

"你已经找到白雨潇了，我就是。"

阮海阔低头沉吟了片刻，他依稀感到那种毫无目标的美妙漂泊行将结束。接下去他要寻找的将是十五年前的杀父仇人，也就是说他将去寻找自己如何去死。

但是他还是说：

"我想知道杀死我父亲的人。"

白雨潇听后再次微微一笑，告诉他：

"你的杀父仇敌是两个人。一个叫刘天，一个叫李东。他们三年前在去华山的路上，分别死于胭脂女和黑针大侠之手。"

阮海阔感到内心一片混乱。他看着白雨潇将梅花剑举到眼前，将剑从鞘内抽出。在亭外辉煌阳光的衬托下，他看到剑身上有九十九朵斑斑锈迹。

白雨潇离去以后，阮海阔依旧坐在凉亭之内，面壁思索起很久以前离家出门时的情景。他闭上双目以后，看到自己在轮廓模糊的群山江河、村庄集镇之间漫游。那个遥远的傍晚他如何莫名其妙地走上了那条通往胭脂女的荒凉大道，以及后来在那个黎明之前他神秘地醒来，再度违背自己的意愿而走近了黑针大侠。他与白雨潇初次相遇在那条滚滚而去的江边，却又神秘地错开。在那个群山环抱的集镇里，那场病和那场雨同时进行了三天，然后木桥被冲走了，他无法走向对岸，却走向了青云道长。后来他那漫无目标的漫游，竟迅速地将他带到了黑针大侠的村口和胭脂女的花草旁。三年之后，他在这里与白雨潇再次相遇。现在白雨潇已经离去了。

一九八九年一月十八日

往事与刑罚

一九九〇年的某个夏日之夜，陌生人在他潮湿的寓所拆阅了一份来历不明的电报。然后，陌生人陷入了沉思的重围。电文只有"速回"两字，没有发报人住址姓名。陌生人重温了几十年如烟般往事之后，在错综复杂呈现的千万条道路中，向其中一条露出了一丝微笑。翌日清晨，陌生人漆黑的影子开始滑上了这条蚯蚓般的道路。

显而易见，在陌生人如道路般错综复杂的往事里，有一桩像头发那么细微的经历已经格外清晰了。一九六五年三月五日，这排列得十分简单的数字所喻示的内涵，现在决定着陌生人的方向。事实上，陌生人在昨夜唤醒这遥远的记忆时，并没有成功地排除另外几桩旧事的干扰。由于那时候他远离明亮的镜子，故而没有发现自己破译了电文后的微笑是含混不清的。他只是体会到了自己的情绪十分坚定。正是因为他过于信任自己的情绪，接下去出现的程序错误便不可避免。

几日以后，陌生人已经来到一个名叫烟的小镇。程序的错误便在这里显露出来。那是由一个名叫刑罚专家的人向他揭示的。

可以设想一下陌生人行走时的姿态和神色。由于被往事层层围困，陌生人显然无法在脑中正确地反映出四周的景与物。因此当刑罚专家看到他时，内心便出现了一种类似小号的鸣叫。那时的陌生人如一个迷途的孩子一样，走入了刑罚专家的视野。陌生人来到一幢灰色的两层小楼前，刑罚专家以夸张的微笑阻止了他的前行。

"你来了？"

刑罚专家的语气使陌生人大吃一惊。眼前这位白发闪烁的老人似乎暗示了某一桩往事，但是陌生人很难确认。

刑罚专家继续说：

"我已经期待很久了。"

这话并没有坚定陌生人的想法，但是陌生人做了退一步的假设——即便他接受这个想法，那眼前这位老人也不过是他广阔往事里的一粒灰尘而已。所以陌生人打算绕过这位老人，继续朝一九六五年三月五日走去。

此后的情形却符合了刑罚专家的意愿，陌生人并没走向一九六五年三月五日。那是在进行了一次简短的对话以后发生的。由于刑罚专家的提醒——这个提醒显然是很随意的，并不属于那类谋划已久的提醒。陌生人才得知自己此刻所处的位置，他发现了自己想去的地方和自己正准备去的地方无法统一。也就是说，他背道而驰了。事实上，一九六五年三月五日正离他越来越远。

直到现在，陌生人才首次回想多日前那个潮湿之夜和那份神秘的电报。他的思维长久地停留在一九六五年三月五日出现时的地方。现在他开始重视当时不断干扰着他的另几桩往事。它们分别是一九五八年一月九日、一九六七年十二月一日、一九六〇年八月七日和一九七一年九月二十日。于是陌生人明白了自己为何无法走向一九六五年三月五日。事实上，电文所喻示的内容，在另四桩往事里也存在着同样的可能性。正是这另外四种时间所释放出来的干扰，使他无法正确地走向一九六五年三月五日。而这四桩往事都由四条各不相关的道路代表。现在陌生人即便放弃一九六五年三月五日，他也无法走向一九五八年一月九日和其他的三桩往事。

那是另外一个夏日的傍晚。因为程序的错误而陷入困境的陌生人不得不重新思考去路。于是他才郑重其事地注视起刑罚专家。注视的结果让他感到眼前这位老人与他许多往事有着时隐时现的联结。因此当他再度审视目前的处境时，开始依稀感觉到这一切都是事先安排好的。

在天色逐渐黑下来时，刑罚专家向陌生人发出了十分有把握的邀请。陌生人无疑顺从了这种属于命运的安排，他跟在刑罚专家身后，走入那幢二层的灰色小楼。

在四周涂着黑色油彩的客厅里，陌生人无声地坐了下来。刑罚专家打亮一盏白色小灯。于是陌生人开始寻找起多日前那份电报和眼下这个客厅之间是否存在着必要的联系。寻找的结果却是另外的面貌，那就是他发现自己过来的那条路显得有些畸形。

陌生人和刑罚专家的交谈从一开始就进入了和谐的实质。那情景令人感到他们已经交谈过多次了，仿佛都像了解自己的手掌一样了解对方的想法。

刑罚专家作为主人，首先引出话题是义不容辞的。他说：

"事实上，我们永远生活在过去里。现在和将来只是过去要弄的两个小花招。"

陌生人承认刑罚专家的话有着强大的说服力，但是他更关心的是自己的现状。

"有时候，我们会和过去分离。现在有一个什么东西将我和过去分割了。"

陌生人走向一九六五年三月五日的失败，使他一次次地探察其中因由，他开始感到并非只是另四桩往事干扰的结果。

然而刑罚专家却说：

"你并没有和过去分离。"

陌生人不仅没有走向一九六五年三月五日，反而离其越来越远，而且同样也远离了另四桩往事。

刑罚专家继续说：

"其实你始终深陷于过去之中，也许你有时会觉得远离过去，这只是貌离神合，这意味着你更加接近过去了。"

陌生人说：

"我坚信有一样什么东西将我和过去分割。"

刑罚专家无可奈何地微微一笑，他感到用语言去说服陌生人是件可怕的事。

陌生人继续在他的思维上行走——当他远离了他的所有往事之后，刑罚专家却以异样的微笑出现了，并且告诉他：

"我期待已久了。"

因此陌生人说：

"那样东西就是你。"

刑罚专家无法接受陌生人的这个指责，尽管如此使用语言使他疲倦，但他还是再一次说明：

"我并没有将你和过去分割，相反是我将你和过去紧密相连，换句话说，我就是你的过去。"

刑罚专家吐出最后一个字时的语气，让陌生人感到这种交谈继续下去的可能性已经出现缺陷，但他还是向刑罚专家指出：

"你对我的期待使我费解。"

"如果你不强调必然的话。"刑罚专家解释道，"你把我的期待理解成是对偶然的期待，那你就不会感到费解。"

"我可以这样理解。"陌生人表示同意。

　　刑罚专家十分满意，他说："我很高兴能在这个问题上与你一致。我想我们都明白必然是属于那类枯燥乏味的事物，必然不会改变自己的面貌，它只会傻乎乎地一直往前走。而偶然是伟大的事物，随便把它往什么地方扔去，那地方便会出现一段崭新的历史。"

　　陌生人并不反对刑罚专家的阔论，但他更为关心的是：

　　"你为何期待我？"

　　刑罚专家微微一笑，他说：

　　"我知道迟早都会进入这个话题，现在进入正是时候。因为我需要一个人帮助，一个富有自我牺牲精神的人帮助。我觉得你就是这样的人。"

　　陌生人问：

　　"什么帮助？"

　　刑罚专家回答：

　　"你明天就会明白。现在我倒是很愿意跟你谈谈我的事业。我的事业就是总结人类的全部智慧，而人类的全部智慧里最杰出的部分便是刑罚。这就是我要与你谈的。"

　　刑罚专家显然掌握了人类所拥有的全部刑罚。他摊开手掌，让陌生人像看他的手纹一样了解他的刑罚。尽管他十分简单逐个介绍那些刑罚，但他对每个刑罚实施时所产生的效果，却做了煽动性的叙述。

　　在刑罚专家冗长的却又极其生动的叙述结束以后，细心的陌生人发现了某个遗漏的刑罚，那就是绞刑。因为被一种复杂多变的情绪所驱使，事实上从一开始，陌生人已经在期待着这个刑罚在刑罚专家叙述中出现。在那一刻里，陌生人已经陷入一片灾难般的沉思。已经变得模糊不清的一九六五年三月五日，在他的沉思里逐渐清晰起来。可以这样推测，在一九六五年三月五日的任何时候，某个与陌生人的往事休戚相关的人自缢身亡。

陌生人为了从这段令人窒息的往事里挣扎而出，使用了这样的手段，那就是提醒刑罚专家遗漏了怎样一个刑罚，他希望刑罚专家有关这个刑罚的精彩描叙，能帮助他脱离往事。

然而刑罚专家却勃然大怒。他向陌生人声明，他并不是遗漏，而是耻于提起这个刑罚。因为这个刑罚被糟蹋了，他告诉陌生人那些庸俗的自杀者是如何糟蹋这个刑罚的。他向陌生人吼道：

"他们配用这个刑罚吗？"

刑罚专家的愤怒是陌生人无法预料的，因此也就迅速地将陌生人从无边的往事里拯救出来。当陌生人完成一次呼吸开始轻松起来后，面对燃烧的刑罚专家，他提出了这样一个问题：

"你试过那些刑罚吗？"

刑罚专家燃烧的怒火顷刻熄灭，他没有立刻回答陌生人的问题，而是陷入了无限广阔的快感之中。他的脸上飞过一群回忆的乌鸦，他像点钞票一样在脑中清点他的刑罚。他告诉陌生人，在他所进行的全部试验里，最为动人的是一九五八年一月九日、一九六七年十二月一日、一九六〇年八月七日和一九七一年九月二十日。

显而易见，刑罚专家提供的这四段数字所揭示的内容，并不像数字本身那样一目了然。它散发着丰富的血腥气息，刑罚专家让陌生人知道：

他是怎样对一九五八年一月九日进行车裂的，他将一九五八年一月九日撕得像冬天的雪片一样纷纷扬扬。对一九六七年十二月一日，他施以宫刑，他割下了一九六七年十二月一日的两只沉甸甸的睾丸，因此一九六七年十二月一日没有点滴阳光，但是那天夜晚的月光却像杂草丛生一般。而一九六〇年八月七日同样在劫难逃，他用一把锈迹斑斑的钢锯，锯断了一九六〇年八月七日的腰。最为难忘的是一九七一年九月二十日，他在地上挖出一个大坑，将一九七一年九月二十日埋入土中，只露出脑袋，由于泥土的压迫，血液在体内蜂拥而上。然后刑罚专家敲破脑袋，一根血柱顷刻出现。一九七一年九月二十日的喷泉辉煌无比。

陌生人陷入一片难言的无望之中。刑罚专家展示的那四段简单排列的数字，每段都暗示了一桩深刻的往事。一九五八年一月九日、一九六七年十二月一日、一九六〇年八月七日和一九七一年九月二十日。这正是陌生人广阔往事中四桩一直追随他的往事。

当陌生人再度回想那个潮湿之夜和那份神秘的电报时，他开始思索当时为何选择了一九六五年三月五日，而没有选择其他四桩往事。而对刑罚专家刚才提供的四段数字，他用必然和偶然两种思维去理解。无论哪一种思维，都让他依稀感到刑罚专家此刻占有了他的四桩往事。

事实上很久以来，陌生人已经不再感到这四桩往事的实在的追随。四桩往事早已化为四阵从四个方向吹来的阴冷的风。四桩往事的内容似乎已经腐烂，似乎与尘土融为一体了。然而它们的气息并没完全消散，陌生人之所以会在此处与刑罚专家奇妙地相逢，他隐约觉得是这四桩往事指引的结果。

后来，刑罚专家从椅子里出来，他从陌生人身旁走过去，走入他的卧室。那盏白色小灯照耀着他，他很像是一桩往事走入卧室。陌生人一直坐在椅子里，他感到所有的往事都已消散，只剩下一九六五年三月五日，然而却与他离得很远。后来当他沉沉睡去，那模样很像一桩固定的往事一样安详无比。

翌日清早，当刑罚专家和陌生人再度坐到一起时，无可非议，他们对对方的理解已经加深了。因此，他们的对话从第一句起就进入了实质。

刑罚专家在昨日已经表示需要陌生人的帮助，现在他展开了这个话题：

"在我所有的刑罚里，还剩两种刑罚没有试验。其中一个是为你留下的。"

陌生人需要进一步的了解，于是刑罚专家带着陌生人推开了一扇漆黑的房门，走入一间空旷的屋子。屋内只有一张桌子放在窗前，桌上是一块极大的玻璃，玻璃在阳光下灿烂无比，墙角有一把十分锋利的屠刀。

刑罚专家指着窗前的玻璃，对陌生人说：

"你看它多么兴高采烈。"陌生人走到近旁，看到阳光在玻璃上一片混乱。

刑罚专家指着墙角的屠刀告诉陌生人，就用这把刀将陌生人腰斩成两截，然后迅速将陌生人的上身安放在玻璃上，那时陌生人上身的血液依然流动，他将慢慢死去。

刑罚专家让陌生人知道，当他的上身被安放在玻璃上后，他那临终的眼睛将会看到什么。无可非议，在接下去出现的那段描述将是十分有力的。

"那时候你将会感到从未有过的平静，一切声音都将消失，留下的只是色彩。而且色彩的呈现十分缓慢。你可以感觉到血液在体内流得越来越慢，又怎样在玻璃上洋溢开来，然后像你的头发一样千万条流向尘土。你在最后的时刻，将会看到一九五八年一月九日清晨的第一颗露珠，露珠在一片不显眼的绿叶上向你眺望；将会看到一九六七年十二月一日中午的一大片云彩，因为阳光的照射，那云彩显得五彩缤纷；将会看到一九六〇年八月七日傍晚来临时的一条山中小路，那时候晚霞就躺在山路上，温暖地期待着你；将会看到一九七一年九月二十日深夜月光里的两颗萤火虫,那是两颗遥远的眼泪在翩翩起舞。"在刑罚专家平静的叙述完成之后,陌生人又一次陷入沉思的重围。一九五八年一月九日清晨的露珠,一九六七年十二月一日中午缤纷的云彩,一九六〇年八月七日傍晚温暖的山中小路,一九七一年九月二十日深夜月光里的两颗舞蹈的眼泪。这四桩往事像四张床单一样呈现在陌生人飘忽的视野中。因此,陌生人将刑罚专家的叙述理解成一种暗示。陌生人感到刑罚专家向自己指出了与那四桩往事重新团聚的可能性。于是他脸上露出安详的微笑,这微笑无可非议地表示了他接受刑罚专家的美妙安排。

陌生人愿意合作的姿态使刑罚专家十分感激,但是他的感激是属于内心的事物,他并没有表现得像一只跳蚤一样兴高采烈,他只是赞许地点了点头。然后他希望陌生人能够恢复初来世上的形象,那就是赤裸裸的形象。他告诉陌生人:

"并不是我这样要求你,而是我的刑罚这样要求你。"

陌生人欣然答应,他觉得以初来世上的形象离世而去是理所当然的。另一方面,他开始想象自己赤裸裸地去与那四桩往事相会的情景,他知道他的往事会大吃一惊的。

刑罚专家站在右侧的墙角,看陌生人如脱下一层皮般地脱下了衣裤。陌生人展示了像刻满刀痕一样皱巴巴的皮肉。他就站在那块灿烂的玻璃旁,阳光使他和那块玻璃一样闪烁不止。刑罚专家离开了布满阴影的墙角,走到陌生人近旁,他拿起那把亮闪闪的屠刀，阳光在刀刃上跳跃不停，显得烦躁不安。他问陌生人：

"准备完了？"

陌生人点点头。陌生人注视着他的目光安详无比，那是成熟男子期待幸福降临时应有的态度。

陌生人的安详使刑罚专家对接下去所要发生的事充满信心。他伸出右手抚摸了陌生人的腰部，那时候他发现自己的手指微微有些颤抖。这个发现开始暗示事情发展的结果已经存在另一种可能性。他不知道是由于过度激动，还是因为力量在他生命中冷漠起来。事实上很久以前，刑罚专家已经感受到了力量如何在生命中衰老。此刻当他提起屠刀时，双手已经颤抖不已。

那时候陌生人已经转过身去，他双眼注视着窗外，期待着那四桩往事翩翩而来。他想象着那把锋利的屠刀如何将他截成两段，他觉得很可能像一双冰冷的手撕断一张白纸一样美妙无比。然而他却听到了刑罚专家精疲力竭的一声叹息。

当他转回身来时，刑罚专家羞愧不已地让陌生人看看自己这双颤抖不已的手，他让陌生人明白：他不能像刑罚专家要求的那样，一刀截断陌生人。

然而陌生人却十分宽容地说：

"两刀也行。"

"但是，"刑罚专家说，"这个刑罚只给我使用一刀的机会。"

陌生人显然不明白刑罚专家的大惊小怪，他向刑罚专家指出了这一点。

"可是这样糟蹋了这个刑罚。"刑罚专家让陌生人明白这一点。

"恰恰相反。"陌生人认为，"其实这样是在丰富发展你的这个刑罚。"

"可是，"刑罚专家十分平静地告诉陌生人，"这样一来你临终的感受糟透了。我会像剁肉饼一样把你腰部剁得杂乱无章。你的胃、肾和肝们将像烂苹果一样索然无味。而且你永远也上不了这块玻璃，你早就倒在地上了。你临终的眼睛所能看到的，尽是些蚯蚓在泥土里扭动和蛤蟆使人毛骨悚然的皮肤，还有很多比这些更糟糕的景与物。"

刑罚专家的语言是由坚定不移的声音护送出来的，那声音无可非议地决定了事件将向另一个方向发展。因此陌生人重新穿上脱下的衣裤是顺理成章的。本来他以为已经不再需要它们了，结果并不是这样。当他穿上衣裤时，似乎感到自己正往身上抹着灰暗的油彩，所以他此刻的目光是灰暗的，刑罚专家在他的目光中也是灰暗的，灰暗得像某一桩遥远的往事。

陌生人无力回避这样的现实，那就是刑罚专家无法帮助他与那四桩往事相逢。尽管他无法理解刑罚专家为何要美丽地杀害他的往事，但他知道刑罚专家此刻内心的痛苦，这个痛苦在他的内心响起了一片空洞的回声。显而易见，刑罚专家的痛苦是因为无力实施那个美妙的刑罚，而他的痛苦却是因为无法与往事团聚。尽管痛苦各不相同，可却牢固地将他们联结到一起。

可以设想到，接下来出现的一片寂静将像黑夜一样沉重。直到陌生人和刑罚专家重新来到客厅时才摆脱那一片寂静的压迫。他们是在那间玻璃光四射的屋子里完成了沉闷的站立后来到客厅的。客厅的气氛显然是另外一种形状，所以他们可以进行一些类似于交谈这样的活动了。

他们确实进行了交谈，而且交谈从一开始就进入了振奋，自然这是针对刑罚专家而言的。刑罚专家并没有因为刚才的失败永久地沮丧下去。他还有最后一个刑罚值得炫耀。这个刑罚无疑是他一生中最为得意的，他告诉陌生人：

"是我创造的。"

刑罚专家让陌生人明白这样一个事件：有一个人，严格说是一位真正的学者，这类学者在二十世纪已经荡然无存。他在某天早晨醒来时，看到有几个穿着灰色衣服的男人站在床前，就是这几个男人把他带出了自己的家，送上了一辆汽车。这位学者显然对他前去的地方充满疑虑，于是他就向他们打听，但他们以沉默表示回答，他们的态度使他忐忑不安。他只能看着窗外的景色以此来判断即将发生的会是些什么。他看到了几条熟悉的街道和一条熟悉的小河流，然后它们都过去了。接下来出现的是一个很大的广场，这个广场足可以挤上两万人，事实上广场上已经有两万人了。远远看去像是一片夏天的蚂蚁。不久之后，这位学者被带入了人堆之中，那里有一座高台，学者站在高台上，俯视人群，于是他看到了一片丛生的杂草。高台上有几个荷枪的士兵，他们都举起枪瞄准学者的脑袋，这使学者惊慌失措。然而不久之后他们又都放下枪，他们忘了往枪膛里压子弹，学者看到几颗有着阳光般颜色的子弹压进了几支枪中，那几支枪又瞄准了学者的脑袋。这时候有一法官模样的人从下面爬了上来，他向学者宣布了这样一个事实，即学者被判处死刑。这使学者大为吃惊，他不知道自己有何罪孽，于是法官说：

"你看看自己那双沾满鲜血的手吧。"

学者看了一下，但没看到手上有血迹。他向法官伸出手，试图证明这个事实。法官没有理睬，而是走到一旁。于是学者看到无数人一个挨着一个走上高台，控诉他的罪孽就是将他的刑罚一个一个赠送给了他们的亲人。刚开始学者与他们发生了激烈的争吵。他企图让他们明白任何人都应该毫不犹豫地为科学献身，他们的亲人就是为科学献身的。然而不久以后，学者开始真正体会到眼下的处境，那就是马上就有几颗子弹从几个方向奔他脑袋而来，他的脑袋将被打成从屋顶上掉下来的碎瓦一样破破烂烂。于是他陷入了与人群一样广阔的恐怖与绝望之中，台下的人像水一样流上台来，完成了控诉之后又从另一端流了下去。这情景足足持续了十个小时，在这期间，那几个士兵始终举着枪瞄准他的脑袋。

刑罚专家的叙述进行到这儿以后，他十分神秘地让陌生人知道：

"这位学者就是我。"

接下去他告诉陌生人，他足足花费了一年时间才完成这十个小时时间所需要的全部细节。

当学者知道自己被处以死刑的事实以后，在接下去的十个小时里，他无疑接受了巨大的精神折磨。在那十个小时里，他的心理千变万化，饱尝了一生经历都无法得到的种种体验。一会儿胆战心惊，一会儿慷慨激昂，一会儿又屁滚尿流。当他视死如归才几秒钟，却又马上发现活着分外美丽。在这动荡不安的十个小时里，学者感到错综复杂的各类情感像刀子一样切割自己。

显而易见，从刑罚专家胸有成竹的叙述里，可以看出这个刑罚已经趋向完美。因此在整个叙述完成之后，刑罚专家便立刻明确告诉陌生人：

"这个刑罚是留给我的。"

他向陌生人解释，他在这个刑罚里倾注了十年的心血，因此他不会将这个刑罚轻易地送给别人。这里指的别人显然是暗示陌生人。

陌生人听后微微一笑，那是属于高尚的微笑。这微笑成功地掩盖了陌生人此刻心中的疑虑。那就是他觉得这个刑罚并没有像刑罚专家认为的那么完美，里面似乎存在着某一个漏洞。

刑罚专家这时候站立起来，他告诉陌生人，今天晚上他就要试验这个刑罚了。他希望陌生人在这之后能够出现在他的卧室，那时候：

"你仍然能够看到我，而我则看不到你了。"

刑罚专家走入卧室以后，陌生人依旧在客厅里坐了很久，他思忖着刑罚专家临走之言呈现的真实性，显然他无法像刑罚专家那么坚定不移。后来，当他离开客厅走入自己卧室时，他无可非议地坚信这样一个事实，即明天他走入刑罚专家卧室时，刑罚专家依然能够看到他。他已在这个表面上看去天衣无缝的刑罚里找到漏洞所在的位置。这个漏洞所占有的位置决定了刑罚专家的失败将无法避免。

翌日清晨的情形，证实了陌生人的预料。那时候刑罚专家疲惫不堪地躺在床上，他脸色苍白地告诉陌生人，昨晚的一切都进行得十分顺利，可是在最后的时刻他突然清醒过来了。他悲伤地掀开被子，让陌生人看看。

"我的尿都吓出来了。"

从床上潮湿的程度，陌生人保守地估计到昨晚刑罚专家的尿起码冲泻了十次。眼前的这个情景使陌生人十分满意。他看着躺在床上喘气的刑罚专家，他不希望这个刑罚成功，这个虚弱不堪的人掌握着他的四桩往事。这个人一辞世而去，那他与自己往事永别的时刻就将来到。因此他不可能向刑罚专家指出漏洞的存在与位置。所以当刑罚专家请他明天再来看看时，他连微笑也没有显露，他十分严肃地离开了这个屋子。

第二天的情景无疑仍在陌生人的预料之中。刑罚专家如昨日一般躺在床上，他憔悴不堪地看着陌生人推门而入，为了掩盖内心的羞愧，他掀开被子向陌生人证明他昨夜不仅尿流了一大片，而且还排泄了一大堆屎。可是结果与昨日一样，在最后的时刻他突然清醒过来，他痛苦地对陌生人说：

"你明天再来，我明天一定会死。"

这句话没有引起陌生人足够的重视，他怜悯地望着刑罚专家，他似乎很想指出那个刑罚的漏洞所在，那就是在十小时过去后应该出现一颗准确的子弹，子弹应该打碎刑罚专家的脑袋。刑罚专家十年的心血只完成十小时的过程，却疏忽了最后一颗关键的子弹。但陌生人清醒地认识指出这个漏洞的危险，那就是他的往事将与刑罚专家一起死去。如今对陌生人来说，只要与刑罚专家在一起，那他就与自己的往事在一起了。他因为掌握着这个有关漏洞的秘密，所以当他退出刑罚专家卧室时显得神态自若，他知道这个关键的漏洞保障了他的往事不会消亡。

然而第三日清晨的事实却出现了全新的结局，当陌生人再度来到刑罚专家卧室时，刑罚专家昨日的诺言得到了具体的体现。他死了。他并没有躺在床上死去，而在离床一公尺处自缢身亡。

面对如此情景，陌生人内心出现一片凄凉的荒草。刑罚专家的死，永久地割断了他与那四桩往事联系的可能。他看着刑罚专家，犹如看着自己的往事自缢身亡。这情景使一九六五年三月五日隐约呈现，同时刑罚专家提起绞刑时勃然大怒的情形也栩栩如生地再现了那么一瞬。刑罚专家最终所选择的竟是这个被糟蹋的刑罚。

后来，当陌生人离开卧室时，才发现门后写着这么一句话：

　　我挽救了这个刑罚。

刑罚专家在写上这句话时，显然是清醒和冷静的，因为在下面他还十分认真地写上了日期：

　　一九六五年三月五日

　　　　　　　　　　　　　一九八九年二月

死亡叙述

本来我也没准备把卡车往另一个方向开去，所以这一切都是命中注定的。那时候我将卡车开到了一个三岔路口，我看到一个路标朝右指着——千亩荡六十公里。我的卡车便朝右转弯，接下去我就闯祸了。这是我第二次闯祸。第一次是在安徽皖南山区，那是十多年前的事了。那个时候我的那辆解放牌，不是后来这辆黄河，在一条狭窄的盘山公路上，把一个孩子撞到了十多丈下面的水库里。我是没有办法才这样做的。那时我的卡车正绕着公路往下滑，在完成了第七个急转弯后，我突然发现前面有个孩子，那孩子离我只有三四米远，他骑着自行车也在往下滑。我已经没有时间刹车了，唯一的办法就是向左或者向右急转弯。可是向左转弯就会撞在山壁上，我的解放牌就会爆炸，就会熊熊燃烧，不用麻烦火化场，我就变成灰了。而向右转弯，我的解放牌就会一头撞入水库，那么笨重的东西掉进水库时的声响一定很吓人，溅起的水波也一定很肥胖，我除了被水憋死没有第二种可能。总而言之我没有其他办法，只好将那孩子撞到水库里去了。我看到那孩子惊慌地转过头来看了我一眼，那双眼睛又黑又亮。直到很久以后我仍然记得清清楚楚。只要一闭上眼睛，那两颗又黑又亮的东西就会立刻跳出来。那孩子只朝我看了一眼，身体立刻横着抛了起来，他身上的衣服也被风吹得膨胀了，那是一件大人穿的工作服。我听到了一声呼喊："爸爸！"就这么一声，然后什么也没有了。那声音又尖又响，在山中响了两声，第二声是撞在山壁上的回声。回声听上去很不实在，像是从很远的云里飘出来似的。我没有停下车，我当初完全吓傻了。直到卡车离开盘山公路，驰到下面平坦宽阔的马路上时，我才还过魂来，心里惊讶自己竟没从山上摔下去。当我人傻的时候，手却没傻，毕竟我开了多年的卡车了。这事没人知道，我也就不说。我估计那孩子是山上林场里一个工人的儿子。不知后来做父亲的把他儿子从水库里捞上来时是不是哭了？也许那人有很多儿子，死掉一个无所谓吧。山里人生孩子都很旺盛。我想那孩子大概是十四五岁的年龄。他父亲把他养得那么大也不容易，毕竟花了不少钱。那孩子死得可惜，况且还损失了一辆自行车。

这事本来我早就忘了，忘得干干净净。可是我儿子长大起来了，长到十五岁时儿子闹着要学骑车，我就教他。小家伙聪明，没半天就会自个儿转圈子了，根本不用我扶着。我看着儿子的高兴劲，心里也高兴。十五年前小家伙刚生下来时的模样，真把我吓了一跳，他根本不像是人，倒像是从百货商店买来的玩具。那时候他躺在摇篮里总是乱蹬腿，一会儿尿来了，一会儿屎又来了，还放着响亮的屁，那屁臭得奇奇怪怪。可是一晃就那么大了，神气活现地骑着自行车。我这辈子算是到此为止，以后就要看儿子了。我儿子还算不错，挺给我争气，学校的老师总夸他。原先开车外出，心里总惦记着老婆，后来有了儿子就不想老婆了，总想儿子。儿子高高兴兴骑着自行车时，不知是什么原因，鬼使神差地让我想起了那个十多年前被撞到水库里去的孩子。儿子骑车时的背影与那孩子几乎一模一样。尤其是那一头黑黑的头发，简直就是一个人。于是那件宽大的工作服也在脑中飘扬地出现了。最糟糕的是那天我儿子骑车撞到一棵树上时，惊慌地喊了一声"爸爸"。这一声叫得我心里哆嗦起来，那孩子横抛起来掉进水库时的情景立刻清晰在目了。奇怪的是儿子近在咫尺的叫声在我听来十分遥远，仿佛是山中的回声。那孩子消失了多年以后的惊慌叫声，现在却通过我儿子的嘴喊了出来。有一瞬间，我恍若觉得当初被我撞到水库里去的就是自己的儿子。我常常会无端地悲伤起来。那事我没告诉任何人，连老婆也不知道。后来我总是恍恍惚惚的。那个孩子时隔多年之后竟以这样的方式出现，叫我难以忍受。但我想也许过几年会好一点，当儿子长到十八岁以后，我也许就不会再从他身上看到那个孩子的影子了。

与第一次闯祸一样，第二次闯祸前我丝毫没有什么预感。

我记得那天天气很好，天空蓝得让我不敢看它。我的心情不好也不坏。我把两侧的窗都打开，衬衣也敞开来，风吹得我十分舒服。我那辆黄河牌发出的声音像是牛在叫唤，那声音让我感到很结实。我兜风似的在柏油马路上开着快车，时速是六十公里。我看到那条公路像是印染机上的布匹一样在车轮下转了过去。我老婆是印染厂的，所以我这样想。可我才跑出三十公里，柏油马路就到了尽头。而一条千疮百孔的路开始了。那条路像是被飞机轰炸过似的，我坐在汽车里像是骑在马背上，一颠一颠十分讨厌，冷不防还会猛地弹起来。我胃里的东西便横冲直撞了。然后我就停下了车。这时对面驰来一辆解放牌，到了近旁我问那司机说："这是什么路？"那司机说："你是头一次来吧？"我点点头。他又说："难怪你不知道，这叫汽车跳公路。"我坐在汽车里像只跳蚤似的直蹦跳，脑袋能不发昏吗？后来我迷迷糊糊地感到右侧是大海，海水黄黄的一大片，无边无际地在涨潮，那海潮的声响搅得我胃里直翻腾。我感到自己胃里也有那么黄黄的一片。我将头伸出窗外拼命地呕吐，吐出来的果然也是黄黄的一片。我吐得眼泪汪汪，吐得两腿直哆嗦，吐得两侧腰部抽风似的痛，我想要是再这样吐下去，非把胃吐出来不可，所以我就用手去捂住嘴巴。

那时我已经看到前面不远处有一条宽敞的柏油马路，不久以后我的卡车就会逃脱眼下这条汽车跳公路，就会驰到前面那条平坦的马路上去。我把什么东西都吐光了，这样一来反倒觉得轻松，只是全身有气无力。我靠在座椅上颠上颠下，却不再难受，倒是有些自在起来。我望着前面平坦的柏油马路越来越近，我不由心花怒放。然而要命的是我将卡车开到平坦的马路上后，胃里却又翻腾起来了。我知道那是在空翻腾，我已经没什么可吐了。可是空翻腾更让我痛苦。我嘴巴老张着是因为闭不拢，喉咙里发出一系列古怪的声音，好像那里面有一根一寸来长的鱼刺挡着。我知道自己又在拼命呕吐了，可吐出来的只是声音，还有一股难闻的气体。我又眼泪汪汪了，两腿不再是哆嗦而是乱抖了，两侧腰部的抽风让我似乎听到两个肾脏在呻吟。发苦的口水从嘴角滴了出来，又顺着下巴往下淌，不一会儿就经过脖子来到了胸膛上，然后继续往下发展，最后停滞在腰部，那个抽风的地方。我觉得那口水冰凉又黏糊，很想用手去擦一下，可那时连这点力气都没有了。

就是在那个时候我看到一个人影在前面闪了一下，我脑袋里"嗡"的一声。虽然我已经晕头转向，已经四肢无力，可我知道发生了什么。我也不知道什么时候力气重又回来了，我踩住了刹车，卡车没有滑动就停了下来。但是那车门让我很久都没法打开，我的手一个劲地哆嗦。我看到有一辆客车从我旁边驰过，很多旅客都在车窗内看着我的汽车。我想他们准是看到了，所以就松了手，呆呆地坐在座椅上，等着客车在不远处停下来，等着他们跑过来。

可是很久后，他们也没有跑过来。那时有几个乡下妇女朝我这里走来，她们也盯着我的卡车看，我想这次肯定被看到了，她们肯定就要发出那种怪模怪样的叫声，可是她们竟然没事一样走了过去。于是我疑惑起来，我怀疑自己刚才是不是眼花了。接着我很顺当地将车门打开，跑到车前看了看，什么也没有，又绕着车子走了两圈，仍然什么也没看到。这下我才放心，肯定自己刚才是眼花了。我不禁长长地松了口气，这样一来我又变得有气无力了。

如果后来我没看到车轮上有血迹，而是钻进驾驶室继续开车的话，也许就没事了。可是我看到了。不仅看到，而且还用手去沾了一下车轮上的血迹，血迹是湿的。我就知道自己刚才没有眼花。于是我就趴到地上朝车底下张望，看到里面蜷曲地躺着一个女孩子。然后我重又站起来，茫然地望着四周，等着有人走过来发现这一切。那是夏天里的一个中午，太阳很懒地晒下来，四周仿佛都在冒烟。我看到公路左侧有一条小河，河水似乎没有流动，河面看去像是长满了青苔。一座水泥桥就在近旁，桥只有一侧有栏杆。一条两旁长满青草的泥路向前延伸，泥路把我的目光带到了远处，那地方有几幢错落的房屋，似乎还有几个人影。我这样等了很久，一个人都没有出现。我又盯着车轮上的血迹看，看了很久才发现血迹其实不多，只有几滴。于是我就去抓了一把土，开始慢吞吞地擦那几滴血迹，擦到一半时我还停下来点燃了一根烟，然后再擦。等到将血擦净后我才如梦初醒。我想快点逃吧，还磨蹭什么。我立刻上了车。然而当我关上车门，将汽车发动起来后，我蓦然看到前面有个十四五岁的男孩，穿着宽大的工作服骑着自行车。那个十多年前被我撞到水库里去的孩子，偏偏在那个时候又出现了。这一切都是命中注定的。尽管眼前的情景只是闪一下就匆忙地消失了，可我没法开着汽车跑了。我下了车，从车底下把那个女孩拖了出来。那女孩的额头破烂不堪，好在血还在从里面流出来，呼吸虽然十分虚弱，但总算仍在继续着。她还睁着眼睛，那双眼睛又黑又亮，仿佛是十多年前的那双眼睛。我把她抱在怀中，然后朝那座只有一侧栏杆的水泥桥上走去，接着我走到了那条泥路上。我感到她软软的身体非常烫，她长长的黑发披落下来，像是柳枝一样搁在我的手臂上。那时我心里无限悲伤，仿佛撞倒的是自己的孩子。我抱着她时，她把头偎在我胸前，那模样真像是我自己的孩子。我就这样抱着她走了很久，刚才站在公路上看到的几幢房屋现在大了很多了，但是刚才看到的人影现在却没有出现。我心里突然涌上来一股激动，我依稀感到自己正在做一件了不起的事。我仿佛回到了十多年前那次车祸上，仿佛那时我没有开车逃跑，而是跳入水库把那男孩救了上来。我手中抱着的似乎就是那个穿着宽大工作服的男孩。那黑黑的长发披落在手臂上，让我觉得十多年过去后男孩的头发竟这么长了。

　　我走到了那几幢房屋的近旁，于是我才发现里面还有很多房屋。一棵很大的树木挡住了我的去路，树荫里坐着一个上身赤裸的老太太，两只干瘪的乳房一直垂落到腰间，她正看着我。我就走过去，问她医院在什么地方。她朝我手中的女孩望了一眼后，立刻怪叫了一声：

"作孽啊！"

她那么一叫，才让我清醒过来。我才意识到刚才不逃跑是一个很大的错误，但已经来不及了。我低头看了看怀中的女孩，她那破烂的额头不再流血了，那长长的黑发也不再飘动，黑发被血凝住了。我感到她的身体正在迅速地凉下去，其实那是我的心在迅速地凉下去。我再次问老太太，医院在什么地方？而她又是一声怪叫。我想她是被这惨情吓傻了，我知道再问也不会有回答。我就绕过眼前这棵大树朝里面走去。可老太太却跟了上来，一声一声地喊着："作孽啊！"不一会儿她就赶到了我的前面，她在前面不停地叫喊着，那声音像是打破玻璃一样刺耳。我看到有几头小猪在前面窜了过去。这时又有几个老太太突然出现了，她们来到我跟前一看也都怪叫了起来："作孽啊！"于是我就跟在这些不停叫唤着的老太太后面走着。那时我心里一片混乱，我都不知道自己这么走着是什么意思。没多久，我前后左右已经拥着很多人了，我耳边尽是乱糟糟的一片人声，我什么也听不进去，我只是看到这些人里男女老少都有。那时候我似乎明白了自己是在乡村里，我怎么会到乡村来找医院？我觉得有些滑稽。然后我前面的路被很多人挡住了，于是我就转过身准备往回走，可退路也被挡住了。接着我发现自己是站在一户人家的晒谷场前，眼前那幢房屋是二层的楼房，看上去像是新盖的。那时从那幢房屋里蹿出一条大汉，他一把夺过我手中的女孩，他后面跟着一个女人和一个十来岁的男孩。接着他们一转身又蹿进了那幢房屋。他们的动作之迅速，使我眼花缭乱。手中的女孩被夺走后，我感到轻松了很多，我觉得自己该回到公路上去了。可是当我转过身准备走的时候，有一个人朝我脸上打了一拳，这一拳让我感到像是打在一只沙袋上，发出的声音很沉闷。于是我又重新转回身去，重新看着那幢房屋。那个十来岁的男孩从里面蹿出来，他手里高举着一把亮闪闪的镰刀。他扑过来时镰刀也挥了下来，镰刀砍进了我的腹部。那过程十分简单，镰刀像是砍穿一张纸一样砍穿了我的皮肤，然后就砍断了我的盲肠。接着镰刀拔了出去，镰刀拔出去时不仅划断了我的直肠，而且还在我腹部划了一道长长的口子，于是里面的肠子一拥而出。当我还来不及用手去捂住肠子时，那个女人挥着一把锄头朝我脑袋劈了下来，我赶紧歪一下脑袋，锄头劈在了肩胛上，像是砍柴一样地将我的肩胛骨砍成了两半。我听到肩胛骨断裂时发出的"吱呀"一声，像是打开一扇门的声音。大汉是第三个蹿过来的，他手里挥着的是一把铁锹。那女人的锄头还没有拔出时，铁锹的四个齿已经砍入了我的胸膛。中间的两个铁齿分别砍断了肺动脉和主动脉，动脉里的血"哗"的一下涌了出来，像是倒出去一盆洗脚水似的。而两旁的铁齿则插入了左右两叶肺中。左侧的铁齿穿过肺后又插入了心脏。随后那大汉一用手劲，铁锵被拔了出去，铁锵拔出后我的两个肺也随之荡到胸膛外面去了。然后我才倒在了地上，我仰脸躺在那里，我的鲜血往四周爬去。我的鲜血很像一棵百年老树隆出地面的根须。我死了。

一九八六年十一月

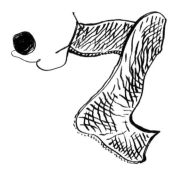

爱情故事

一九七七年的秋天和两个少年有关。在那个天空明亮的日子里，他们乘坐一辆嘎吱作响的公共汽车，去四十里以外的某个地方。车票是男孩买的，女孩一直躲在车站外的一根水泥电线杆后。在她的四周飘扬着落叶和尘土，水泥电线杆发出的嗡嗡声覆盖着周围错综复杂的声响，女孩此刻的心情像一页课文一样单调，她偷偷望着车站敞开的小门，她的目光平静如水。

然后男孩从车站走了出来，他的脸色苍白而又憔悴。他知道女孩躲在何处，但他没有看她。他往那座桥的方向走了过去，他在走过去时十分紧张地左顾右盼。不久之后他走到了桥上，他心神不安地站住了脚，然后才朝那边的女孩望了一眼。他看到女孩此刻正看着自己，他便狠狠地盯了她一眼，可她依旧看着他。他非常生气地转过脸去。在此后的一段时间里，他一直站在桥上，他一直没有看她。但他总觉得她始终都在看着自己，这个想法使他惊慌失措。后来他确定四周没有熟人，才朝她走去。

他走过去时的胆战心惊，她丝毫不觉。她看到这个白皙的少年在阳光里走来时十分动人。她内心微微有些激动，因此她脸上露出了笑容。然而他走到她身旁后却对她的笑容表示了愤怒，他低声说：

"这种时候你还能笑？"

她的美丽微笑还未成长便被他摧残了。她有些紧张地望着他，因为他的神色有些凶狠。这种凶狠此刻还在继续下去，他说：

"我说过多少次，你不要看我，你要装着不认识我。你为什么看我？真讨厌。"

她没有丝毫反抗的表示，只是将目光从他脸上无声地移开。她看着地上一片枯黄的树叶，听着他从牙缝里出来的声音。他告诉她：

"上车以后你先找到座位坐下，如果没有熟人，我就坐到你身旁。如果有熟人，我就站在车门旁。记住，我们互相不要说话。"

他将车票递了过去，她拿住后他就走开了。他没有走向候车室，而是走向那座桥。

这个女孩在十多年之后接近三十岁的时候，就坐在我的对面。我们一起坐在一间黄昏的屋子里，那是我们的寓所。我们的窗帘垂挂在两端，落日的余晖在窗台上飘拂。她坐在窗前的一把椅子里，正在织一条天蓝色的围巾。此刻围巾的长度已经超过了她的身高，可她还在往下织。坐在她对面的我，曾在一九七七年的秋天与她一起去那个四十里以外的地方。我们在五岁的时候就相互认识，这种认识经过长途跋涉以后，导致了婚姻的出现。我们的第一次性生活是在我们十六岁行将结束时完成的。她第一次怀孕也是在那时候。她此刻坐在窗前的姿势已经重复了五年，因此我看着她的目光怎么还会有激情？多年来，她总是在我眼前晃来晃去，这种晃来晃去使我沮丧无比。我的最大错误就是在结婚的前一夜，没有及时意识到她一生都将在我眼前晃来晃去。所以我的生活才变得越来越陈旧。现在她在织着围巾的时候，我手里正拿着作家洪峰的一封信。洪峰的美妙经历感动了我，我觉得自己没有理由将这种旧报纸似的生活继续下去。

因此我像她重复的坐姿一样重复着现在的话，我不断向她指明的，是青梅竹马的可怕。我一次又一次地问她：

"难道你不觉得我太熟悉了吗？"

但她始终以一种迷茫的神色望着我。

我继续说："我们从五岁的时候就认识了，二十多年后我们居然还在一起。我们谁还能指望对方来改变自己呢？"

她总是在这个时候表现出一些慌乱。

"你对我来说，早已如一张贴在墙上的白纸一样一览无余。而我对于你，不也同样如此？"

我看到她眼泪流下来时显得有些愚蠢。

我仍然往下说："我们唯一可做的事只剩下回忆过去。可是过多的回忆，使我们的过去像每日的早餐那样，总在预料之中。"

我们的第一次性生活是我们十六岁行将结束时完成的。在那个没有月光的夜晚，我们在学校操场中央的草地上，我们颤抖不已地拥抱在一起，是因为我们胆战心惊。不远的那条小路上，有拿着手电走过的人，他们的说话声在夜空里像匕首一样锋利，好几次都差点使我仓皇而逃。只是因为我被她紧紧抱住，才使我现在回忆当初的情景时，没有明显地看到自己的狼狈。

我一想到那个夜晚就会感受到草地上露珠的潮湿，当我的手侵入她的衣服时，她热烈的体温使我不停地打寒战。我的手在她的腹部往下进入，我开始感受到如草地一样的潮湿了。起先我什么都不想干，我觉得抚摸一下就足够了。可是后来我非常想看一眼，我很想知道那地方是怎么回事。但是在那个没有月光的夜晚，我凑过去闻到的只是一股平淡的气味。在那个黑乎乎潮湿的地方所散发的气味，是我以前从未闻到过的气味。然而这种气味并未像我以前想象的那么激动人心。尽管如此，在不久之后我还是干了那桩事。欲望的一往无前差点毁了我，在此后很多的日子里，我设计了多种自杀与逃亡的方案。在她越来越像孕妇的时候，我接近崩溃的绝望使我对当初只有几分钟天旋地转般的快乐痛恨无比。在一九七七年秋天的那一日，我与她一起前往四十里以外的那个地方，我希望那家坐落在马路旁的医院能够证实一切都是一场虚惊。

她面临困难所表现出来的紧张，并未像我那样来势凶猛。当我提出应该去医院检查一下时，她马上想起那个四十里以外的地方。她当时表现的冷静与理智使我暗暗有些吃惊。她提出的这个地方向我暗示了一种起码的安全，这样将会没人知道我们所进行的这次神秘的检查。可是她随后颇有激情地提起五年前她曾去过那个地方，她对那个地方街道的描述，以及泊在海边退役的海轮的抒情，使我十分生气。我告诉她我们准备前往并不是为了游玩，而是一次要命的检查。这次检查关系到我们是否还能活下去。我告诉她这次检查的结果若证实她确已怀孕，那么我们将被学校开除，将被各自的父母驱出家门。有关我们的传闻将像街上的灰尘一样经久不息。我们最后只能：

"自杀。"

她只有在这个时候才显得惊慌失措。几年以后她告诉我，我当时的脸色十分恐怖。我当时对我们的结局的设计，显然使她大吃一惊。可是她即使在惊慌失措的时候也从不真正绝望。她认为起码是她的父母不会把她驱出家庭，但她承认她的父母会惩罚她。她安慰我：

"惩罚比自杀好。"

那天我是最后一个上车的，我从后面看着她上车，她不停地向我回身张望。我让她不要看我，反复提醒在她那里始终是一页白纸。我上车的时候汽车已经发动起来。我没有立刻走向我的座位，而是站在门旁，我的目光在车内所有的脸上转来转去，我看到起码有二十张曾经见过的脸。因此我无法走向自己的座位，我只能站在这辆已经行驶的汽车里。我看着那条破烂不堪的公路怎样捉弄着我们的汽车。我感到自己像是被装在瓶子里，然后被人不停地摇晃。后来我听到她在叫我的声音，她的声音使我蓦然产生无比的恐惧。我因为她的不懂事而极为愤怒，我没有搭理。我希望她因此终止那种叫声，可是她那种令人讨厌的叫声却不停地重复着。我只能转过头去，我知道自己此刻的脸色像路旁的杂草一样青得可怕。

然而她脸上却洋溢着天真烂漫的笑容，她佯装吃惊的样子表示了她与我是意外相遇。然后她邀请我坐在她身旁的空座位上。我只能走过去。我在她身旁坐下以后感到她的身体有意紧挨着我。她说了很多话，可我一句都没有听进去，我为了掩饰只能不停地点头。这一切使我心烦意乱。那时候她偷偷捏住了我的手指，我立刻甩开她的手。在这种时候她居然还会这样，真要把我气疯过去。此刻她才重视我的愤怒，她不再说话，自然也不会伸过手来。她似乎十分委屈地转过脸去，望着车外萧瑟的景色。然而她的安静并未保持多久，在汽车一次剧烈的震颤后，她突然哧哧笑了起来。接着凑近我偷偷说：

"腹内的小孩震出来了。"

她的玩笑只能加剧我的气愤，因此我凑近她咬牙切齿地低声说：

"闭上你的嘴。"

后来我看到了几艘泊在海边的轮船，有两艘已被拆得惨不忍睹，只有一艘暂且完整无损。有几只灰色的鸟在海边水草上盘旋。

汽车在驶入车站大约几分钟以后，两个少年从车站出口处走了出来。那时候一辆卡车从他们身旁驶过，扬起的灰尘将他们的身体涂改了一下。

男孩此刻铁青着脸，他一声不吭地往前走。女孩似乎有些害怕地跟在他身后，她不时偷偷看他侧面的脸色。男孩在走到一条胡同口时，没有走向医院的方向，而是走入了胡同。女孩也走了进去。男孩一直走到胡同的中央才站住脚，女孩也站住了脚。他们共同看着一个中年的女人走来，又看着她走出胡同。然后男孩低声吼了起来：

"你为什么叫我？"

女孩委屈地看着他，然后才说：

"我怕你站着太累。"

男孩继续吼道：

"我说过多少次了，你别看我。可你总看我，而且还叫我的名字，用手捏我。"

这时有两个男人从胡同口走来，男孩不再说话，女孩也没有辩解。那两个男人从他们身边走过时，兴趣十足地看了他们一眼。两个男人走过去以后，男孩就往胡同口走去了，女孩迟疑了一下也跟了上去。

他们默不作声地走在通往医院的大街上。男孩此刻不再怒气冲冲，在医院越来越接近的时候，他显得越来越忧心忡忡。他转过脸去看着身旁的女孩，女孩的双眼正望着前方。从她有些迷茫的眼神里，他感到医院就在前面。

然后他们来到了医院的门诊部，挂号处空空荡荡。男孩此刻突然胆怯起来，他不由走出门厅，站在外面。他这时突然害怕地感到自己会被人抓住，他没有丝毫勇气进入眼下的冒险。当女孩也走出门厅时，他找到了掩盖自己胆怯的理由，他要让女孩独自去冒险，而自己则随时准备逃之夭夭。他告诉她：他继续陪着她实在太危险，别人一眼就会看出这两个少年干了什么坏事。他让她：

"你一个人去吧。"

她没有表示异议，点了点头后就走了进去。他看着她走到挂号处的窗前，她从口袋里掏出钱来时没有显出一丝紧张。他听到她告诉里面的人她叫什么名字，她二十岁。名字是假的，年龄也是假的。这些他事先并未设计好。然后他听到她说：

"妇科。"

这两个字使他不寒而栗，他感到她的声音有些疲倦。接着她离开窗口转身看了他一眼，随后走上楼梯。她手里拿着的病历在上楼时摇摇晃晃。

男孩一直看着她的身影在楼梯上消失，然后才将目光移开。他感到心情越来越沉重，呼吸也困难起来。他望着大街上的目光在此刻杂乱无章。他在那里站了好长一段时间，那个楼梯总有人下来，可是她一直没有下来。他不由害怕起来，他感到自己所干的事已在这个楼上被揭发。这个想法变得越来越真实，因此他也越发紧张。他决定逃离这个地方，于是便往大街对面走去，他在横穿大街时显得失魂落魄。他来到街对面后，没有停留，而是立刻钻入一家商店。

那是一家杂货店，一个丑陋不堪的年轻女子站在柜台内一副无所事事的模样。另一边有两个男人在拉玻璃，他便走到近旁看着他们。同时不时地往街对面的医院望上一眼。那是一块青色的玻璃，两个男人都在抽烟，因此玻璃上有几堆小小的烟灰。两个男人那种没有心事的无聊模样，使他更为沉重。他看着钻石在玻璃上划过时出现一道白痕，那声音仿佛破裂似的来回响着。

不久后女孩出现在街对面，她站在一棵梧桐树旁有些不知所措地在寻找男孩。男孩透过商店布满灰尘的窗玻璃看到了她。他看到女孩身后并未站着可疑的人，于是立刻走出商店。他在穿越街道时，她便看到了他。待他走到近旁，她向他苦笑一下，低声说：

"有了。"

　　男孩像一棵树一样半晌没有动弹，仅有的一丝希望在此刻彻底破灭了。他望着眼前愁眉不展的女孩说：

　　"怎么办呢？"

　　女孩轻声说："我不知道。"

　　男孩继续说："怎么办呢？"

　　女孩安慰他："别去想这些了，我们去那些商店看看吧。"

　　男孩摇摇头，说："我不想去。"

　　女孩不再说话，她看着大街上来往的车辆，几个行人过来时发出嘻嘻笑声。他们过去以后，女孩再次说：

　　"去商店看看吧。"

　　男孩还是说："我不想去。"

　　他们一直站在那里，很久以后男孩才有气无力地说："我们回去吧。"

　　女孩点点头。

　　然后他们往回走去。走不多远，在一家商店前，女孩站住了脚，她拉住男孩的衣袖，说道：

　　"我们进去看看吧。"

　　男孩迟疑了一会儿就和她一起走入商店。他们在一条白色的学生裙前站了很久，女孩一直看着这条裙子，她告诉男孩：

　　"我很喜欢这条裙子。"

　　女孩的嗓音在十六岁时已经固定下来。在此后的十多年里，她的声音几乎每日都要在我的耳边盘旋。这种过于熟悉的声音，已将我的激情清扫。因此在此刻的黄昏里，我看着坐在对面的妻子，只会感到越来越疲倦。她还在织着那条天蓝色的围巾。她的脸依然还是过去的脸。只是此刻的脸已失去昔日的弹性。她脸上的皱纹是在我的目光下成长起来的，我熟悉它们犹如熟悉自己的手掌。现在她开始注意我的话了。

"在你还没有说话的时候，我就知道你要说什么；在每天中午十一点半和傍晚五点的时候，我知道你要回家了。我可以在一百个女人的脚步声里，听出你的声音。而我对你来说，不也同样如此？"

她停止了织围巾的动作，她开始认真地望着我。

我继续说："因此我们互相都不可能使对方感到惊喜。我们最多只能给对方一点高兴，而这种高兴在大街上到处都有。"

这时她开口说话了，她说：

"我明白你的意思了。"

"是吗？"我不知道该如何对付她这句话，所以我只能这么说。

她又说："我明白你的意思了。"

我看到她的眼泪流了出来。

她说："你是想把我一脚踢开。"

我没有否认，而是说："这话多难听。"

她又重复道："你想把我一脚踢开。"她的眼泪在继续流。

"这话太难听了。"我说。然后我建议道：

"让我们共同来回忆一下往事吧。"

"是最后一次吗？"她问。

我回避她的问话，继续说："我们的回忆从什么时候开始呢？"

"是最后一次吧？"她仍然这样问。

"从一九七七年的秋天开始吧。"我说，"我们坐上那辆嘎吱作响的汽车，去四十里以外的那个地方，去检查你是否已经怀孕，那个时候我可真是失魂落魄。"

"你没有失魂落魄。"她说。

"你不用安慰我，我确实失魂落魄了。"

"不，你没有失魂落魄。"她再次这样说，"我从认识你到现在，你只有一次失魂落魄。"

我问："什么时候？"

"现在。"她回答。

一九八九年三月二十三日

命中注定

现　在

这一天阳光明媚，风在窗外啦啦响着，春天已经来到了。刘冬生坐在一座高层建筑的第十八层的窗前，他楼下的幼儿园里响着孩子们盲目的歌唱，这群一无所知的孩子以兴致勃勃的歌声骚扰着他，他看到护城河两岸的树木散发着绿色，很多出租车夹杂着几辆卡车正在驶去。更远处游乐园的大观览车缓慢地移动着，如果不是凝神远眺，是看不出它的移动的。

就在这样的时刻，一封用黑体字打印的信来到了他手中，这封信使他大吃一惊。不用打开，信封上的文字已经明确无误地告诉他，他的一个一起长大的伙伴死了。信封的落款处印着：陈雷治丧委员会。

他昔日伙伴中最有钱的人死于一起谋杀，另外的伙伴为这位腰缠万贯的土财主成立了一个治丧委员会，以此来显示死者生前的身份。他们将令人不安的讣告贴在小镇各处，据说有三四百份，犹如一场突然降临的大雪，覆盖了那座从没有过勃勃生机的小镇。让小镇上那些没有激情、很少有过害怕的人，突然面对如此众多的讣告，实在有些残忍。他们居住的胡同，他们的屋前，甚至他们的窗户和门上，贴上了噩耗。讣告不再是单纯地发布死讯，似乎成为邀请——你们到我这里来吧。

小镇上人们内心的愤怒和惊恐自然溢于言表，于是一夜之间这些召唤亡灵的讣告荡然无存了。可是他们遭受的折磨并未结束，葬礼那天，一辆用高音喇叭播送哀乐的卡车在镇上缓慢爬行，由于过于响亮，哀乐像是进行曲似的向火化场前进。

刘冬生在此后的半个月里，接连接到过去那些伙伴的来信，那些千里之外的来信所说的都是陈雷之死，和他死后的侦破。

陈雷是那个小镇上最富有的人，他拥有两家工厂和一家在镇上装修得最豪华的饭店。他后来买下了汪家旧宅，那座一直被视为最有气派的房屋。五年前，刘冬生回到小镇过春节时，汪家旧宅正在翻修。刘冬生在路上遇到一位穿警服的幼时伙伴，问他在哪里可以找到陈雷，那个伙伴说："你去汪家旧宅。"

刘冬生穿越了整个小镇，当他应该经过一片竹林时，竹林已经消失了，替代竹林的是五幢半新不旧的住宅楼。他独自一人来到汪家旧宅，看到十多个建筑工人在翻修它，旧宅的四周搭起了脚手架。他走进院门，上面正扔下来瓦片，有个人在上面喊："你想找死。"

喊声制止了刘冬生的脚步。刘冬生站了一会儿，扔下的瓦片破碎后溅到了他的脚旁，他从院门退了出来，在一排堆得十分整齐的砖瓦旁坐下。他在那里坐了很久以后，才看到陈雷骑着一辆摩托车来到。

身穿皮夹克的陈雷停稳摩托车，掏出香烟点燃后似乎看了刘冬生一眼，接着朝院门走去，走了几步又回过头来看刘冬生。这次他认出来了，他咧嘴笑了，刘冬生也笑了。陈雷走到刘冬生身旁，刘冬生站起来，陈雷伸手搂住他的肩膀说："走，喝酒去。"

现在，陈雷已经死去了。

从伙伴的来信上，刘冬生知道那天晚上陈雷是一人住在汪家旧宅的，他的妻子带着儿子回到三十里外的娘家去了。陈雷是睡着时被人用铁榔头砸死的，从脑袋开始一直到胸口，到处都是窟窿。

陈雷的妻子是两天后的下午回到汪家旧宅的，她先给陈雷的公司打电话，总经理的助手告诉她，他也在找陈雷。

他妻子知道他已有两天不知去向后吃了一惊。女人最先的反应便是走到卧室，在那里她看到了陈雷被榔头砸过后惨不忍睹的模样，使她的尿一下子冲破裤裆直接到了地毯上，随后她昏倒在地，连一声喊叫都来不及发出。

陈雷生前最喜欢收集打火机。警察赶到现场后，发现什么都没有少，只有他生前收集到的五百多种打火机，从最廉价的到最昂贵的全部被凶手席卷走了。

现在，远在千里之外的刘冬生，翻阅着那些伙伴的来信，侦破直到这时尚无结果，那些信都是对陈雷死因的推测，以及对嫌疑犯的描述。从他们不指名道姓的众多嫌疑者的描述中，刘冬生可以猜测到其中两三个人是谁，但是他对此没有兴趣。他对这位最亲密伙伴的死，有着自己的想法。他回忆起了三十年前。

三十年前

石板铺成的街道在雨后的阳光里湿漉漉的，就像那些晾在竹竿上的塑料布。街道上行走的脚和塑料布上的苍蝇一样多。两旁楼上的屋檐伸出来，几乎连接到一起。在那些敞开的窗户下，晾满了床单和衣服。几根电线从那里经过，有几只麻雀叽叽喳喳地来到，栖落在电线上，电线开始轻微地上下摆动。

一个名叫刘冬生的孩子扑在一个窗户上，下巴搁在石灰的窗台上往下面望着，他终于看到那个叫陈雷的孩子走过来了。陈雷在众多大人的腿间无精打采地走来，他东张西望，在一家杂货店前站一会儿，手在口袋里摸索了半晌，拿出什么吃的放入嘴中，然后走了几步站在了一家铁匠铺子前，里面一个大人在打铁的声响里喊道：

"走开，走开。"

他的脑袋无可奈何地转了过来，又慢吞吞地走来了。

刘冬生每天早晨，当父母咔嚓一声在门外上了锁之后，便扑到了窗台上，那时候他便会看到住在对面楼下的陈雷跟着父母走了出来。陈雷仰着脑袋看他父母锁上门。他父母上班走去时总是对他喊：

"别到河边去玩。"

陈雷看着他们没有作声，他们又喊：

"听到了吗？陈雷。"

陈雷说："听到了。"

那时候刘冬生的父母已经走下楼梯，走到了街上。他父母回头看到了刘冬生，就训斥道："别扑在窗前。"

刘冬生赶紧缩回脑袋，他的父母又喊：

"刘冬生，别在家里玩火。"

刘冬生嗯地答应了一声。过了一会儿，刘冬生断定去上班的父母已经走远，他重新扑到窗前，那时候陈雷也走远了。

此刻陈雷站在了街道中央的一块石板上，他的身体往一侧猛地使劲，一股泥浆从石板下冲出，溅到一个大人的裤管上，那个大人一把捏住陈雷的胳膊：

"你他娘的。"

陈雷吓得用手捂住了脸，眼睛也紧紧闭上，那个脸上长满胡子的男人松开了手，威胁道："小心我宰了你。"

说完他扬长而去，陈雷却是惊魂未定，他放下了手，仰脸看着身旁走动的大人，直到他发现谁也没在意他刚才的举动，才慢慢地走开，那弱小的身体在强壮的大人中间走到了自己屋前。他贴着屋门坐到了地上，抬起两条胳膊揉了揉眼睛，然后仰起脸打了个呵欠，打完呵欠他看到对面楼上的窗口，有个孩子正看着他。

刘冬生终于看到陈雷在看他了，他笑着叫道：

"陈雷。"

陈雷响亮地问："你怎么知道我的名字？"

刘冬生嘻嘻笑着说："我知道。"

两个孩子都笑了，他们互相看了一阵后，刘冬生问：

"你爹妈为什么每天都把你锁在屋外？"

陈雷说："他们怕我玩火把房子烧了。"

说完陈雷问："你爹妈为什么把你锁在屋里？"

刘冬生说："他们怕我到河边玩会淹死。"

两个孩子看着对方，都显得兴致勃勃。陈雷问："你多大了？"

"我六岁了。"刘冬生回答。

"我也六岁。"陈雷说，"我还以为你比我大呢。"

刘冬生咯咯笑道："我踩着凳子呢。"

街道向前延伸，在拐角处突然人群拥成一团，几个人在两个孩子眼前狂奔过去，刘冬生问："那边出了什么事？"

陈雷站起来说："我去看看。"

刘冬生把脖子挂在窗外，看着陈雷往那边跑去。那群叫叫嚷嚷的人拐上了另一条街，刘冬生看不到他们了，只看到一些人跑去，也有几个人从那边跑出来。陈雷跑到了那里，一拐弯也看不到了。

过了一会儿，陈雷呼哧呼哧地跑了回来，他仰着脑袋喘着气说：

"他们在打架，有一个人脸上流血了，好几个人都撕破了衣服，还有一个女的。"

刘冬生十分害怕地问："打死人了吗？"

"我不知道。"陈雷摇摇头说。

两个孩子不再说话，他们都被那场突然来到的暴力笼罩着。很久以后，刘冬生才说话："你真好！"

陈雷说："好什么？"

"你想去哪里都能去，我去不了。"

"我也不好。"陈雷对他说，"我困了想睡觉都进不了屋。"

刘冬生更为伤心了，他说："我以后可能看不见你了，我爹说要把这窗户钉死，他不准我扑在窗口，说我会掉下来摔死的。"

陈雷低下了脑袋，用脚在地上划来划去，划了一会儿他抬起头来问："我站在这里说话你听得到吗？"

刘冬生点点头。

陈雷说："我以后每天都到这里来和你说话。"

刘冬生笑了，他说："你说话要算数。"

陈雷说："我要是不到这里来和你说话，我就被小狗吃掉。"陈雷接着问："你在上面能看到屋顶吗？"

刘冬生点点头说："看得到。"

"我从没见过屋顶。"陈雷悲哀地说。

刘冬生说："它最高的地方像一条线，往这边斜下来。"

两个孩子的友谊就是这样开始的，他们每天都告诉对方看不到的东西，刘冬生说的都是来自天空的事，地上发生的事由陈雷来说。他们这样的友谊经历了整整一年。后来有一天，刘冬生的父亲将钥匙忘在了屋中，刘冬生把钥匙扔给了陈雷，陈雷跑上楼来替他打开了门。

就是那一天，陈雷带着刘冬生穿越了整个小镇，又走过了一片竹林，来到汪家旧宅。

汪家旧宅是镇上最气派的一所房屋，在过去的一年里，陈雷向刘冬生描绘得最多的，就是汪家旧宅。

两个孩子站在这所被封起来的房子围墙外，看着麻雀一群群如同风一样在高低不同的屋顶上盘旋。石灰的墙壁在那时还完好无损，在阳光里闪闪发亮。屋檐上伸出的瓦都是圆的，里面像是有各种图案。

陈雷对看得发呆的刘冬生说：

"屋檐里有很多燕子窝。"

说着陈雷捡起几块石子向屋檐扔去，扔了几次终于打中了，里面果然飞出了小燕子，叽叽喳喳惊慌地在附近飞来飞去。

刘冬生也捡了石子朝屋檐扔去。

那个下午，他们绕着汪家旧宅扔石子，把所有的小燕子都赶了出来。燕子不安的鸣叫持续了一个下午。到夕阳西下的时候，两个精疲力竭的孩子坐在一个土坡上，在附近农民收工的吆喝声里，看着那些小燕子飞回自己的窝。一些迷途的小燕子找错了窝连续被驱赶出来，在空中悲哀地鸣叫，直到几只大燕子飞来把它们带走。

陈雷说："那是它们的爹妈。"

天色逐渐黑下来的时候，两个孩子还没记起来应该回家，他们依旧坐在土坡上，讨论着是否进这座宽大的宅院去看看。

"里面会有人吗？"刘冬生问。

陈雷摇摇脑袋说："不会有人，你放心吧，不会有人赶我们出来的。"

"天都要黑了。"

陈雷看看正在黑下来的天色，准备进去的决心立刻消亡了。他的手在口袋里摸索了一阵，拿出什么放入嘴中吃起来。

刘冬生吞着口水问他："你吃什么？"

陈雷说："盐。"

说着，陈雷的手在口袋的角落摸了一阵，摸出一小粒盐放到刘冬生嘴中。

这时，他们似乎听到一个孩子的喊叫："救命。"

他们吓得一下子站起来，互相看了半晌，刘冬生哑哑地说："刚才是你喊了吗？"

陈雷摇摇头说："我没喊。"

话音刚落，那个和陈雷完全一样的嗓音在那座昏暗的宅院里又喊道："救命。"

刘冬生脸白了，他说："是你的声音。"

陈雷睁大眼睛看着刘冬生，半晌才说："不是我，我没喊。"

当第三声"救命"的呼叫出来时，两个孩子已在那条正弥漫着黑暗的路上逃跑了。

一九九二年七月

两个人的历史

一

一九三〇年八月，一个名叫谭博的男孩和一个名叫兰花的女孩，共同坐在阳光无法照耀的台阶上。他们的身后是一扇朱红的大门，门上的铜锁模拟了狮子的形状。作为少爷的谭博和作为女佣女儿的兰花，时常这样坐在一起。他们的身后总是飘扬着太太的嘟囔声，女佣在这重复的声响里来回走动。

两个孩子坐在一起悄悄谈论着他们的梦。

谭博时常在梦中为尿所折磨。他在梦中为他布置的场景里四处寻找便桶。他在自己朝南的厢房里焦急不安。现实里安放在床前的便桶在梦里不翼而飞。无休止的寻找使梦中的谭博痛苦不堪。然后他来到了大街上，在人力车来回跑动的大街上，乞丐们在他身旁走过。终于无法忍受的谭博，将尿撒向了大街。

此后的情景是梦的消失。即将进入黎明的天空在窗户上一片灰暗。梦中的大街事实上由木床扮演。谭博醒来时感受到了身下的被褥有一片散发着热气的潮湿。这一切终结之后，场景迅速地完成了一次更换。那时候男孩睁着迷茫的双眼，十分艰难地重温了一次刚才梦中的情景，最后他的意识进入了清晰。于是尿床的事实使他羞愧不已。在窗户的白色开始明显起来时，他重又闭上了双眼，随即沉沉睡去。

"你呢？"

男孩的询问充满热情，显然他希望女孩也拥有同样的梦中经历。

然而女孩面对这样的询问却表现了极大的害臊，双手捂住眼睛是一般女孩惯用的技法。

"你是不是也这样？"

男孩继续问。

他们的眼前是一条幽深的胡同，两旁的高墙由青砖砌成。并不久远的岁月已使砖缝里生长出羞羞答答的青草，风使它们悄然摆动。

"你说。"

男孩开始咄咄逼人。

女孩满脸羞红，她垂头叙述了与他近似的梦中情景。她在梦中同样为尿所折磨，同样四处寻找便桶。

"你也将尿撒在街上？"

男孩十分兴奋。

然而女孩摇摇头，她告诉他她最后总会找到便桶。

这个不同之处使男孩羞愧不已。他抬起头望着高墙上的天空，他看到了飘浮的云彩，阳光在墙的最上方显得一片灿烂。

他想：她为什么总能找到便桶，而他却永远也无法找到。

这个想法使他内心燃起了嫉妒之火。

后来他又问：

"醒来时是不是被褥湿了？"

女孩点点头。

结局还是一样。

二

一九三九年十一月，十七岁的谭博已经不再和十六岁的兰花坐在门前的石阶上。那时候谭博穿着黑色的学生装，手里拿着鲁迅的小说和胡适的诗。他在院里进出时，总是精神抖擞。而兰花则继承了母业，她穿着碎花褂子在太太的唠叨声里来回走动。

偶尔的交谈还是应该有的。

谭博十七岁的身躯里青春激荡，他有时会突然拦住兰花，眉飞色舞地向她宣讲一些进步的道理。那时候兰花总是低头不语，毕竟已不是两小无猜的时候。或者兰花开始重视起谭博的少爷地位。然而沉浸在平等互爱精神里的谭博，很难意识到这种距离正在悄悄成立。

在这年十一月的最后一天里，兰花与往常一样用抹布擦洗着那些朱红色的家具。谭博坐在窗前阅读泰戈尔有关飞鸟的诗句。兰花擦着家具时尽力消灭声响，她偶尔朝谭博望去的眼神有些抖动。她希望现存的宁静不会遭受破坏。然而阅读总会带来疲倦。当谭博合上书，他必然要说话了。

在他十七岁的日子里，他几乎常常梦见自己坐上了一艘海轮，在浪涛里颠簸不止。一种渴望出门的欲望在他清醒的时候也异常强烈。

现在他开始向她叙述自己近来时常在梦中出现的躁动不安。

"我想去延安。"他告诉她。

她迷茫地望着他，显而易见，"延安"二字带给她的只能是一片空白。

他并不打算让她更多地明白一些什么，他现在需要知道的是她近来梦中的情景。这个习惯是从一九三〇年八月延伸过来的。

她重现了一九三〇年的害臊。然后她告诉他近来她也有类似的梦。不同的是她没有置身海轮中，而是坐在了由四人抬起的轿子里，她脚上穿着颜色漂亮的布鞋。轿子在城内各条街道上走过。

他听完微微一笑，说：

"你的梦和我的梦不一样。"

他继续说：

"你是想着要出嫁。"

那时候日本人已经占领了他们居住的城市。

三

一九五〇年四月，作为解放军某文工团团长的谭博，腰间系着皮带，腿上打着绑腿，回到了他的一别就是十年的家中。此刻全国已经解放，谭博在转业之前回家探视。

那时候兰花依然居住在他的家中，只是不再是他母亲的女佣，开始独立地享受起自己的生活。谭博家中的两间房屋已划给兰花所拥有。

谭博英姿勃发走入家中的情景，给兰花留下了深刻的印象。此时兰花已经儿女成堆，她已经丧失了昔日的苗条，粗壮的腰扭动时抹杀了她曾经有过的美丽。

在此之前，兰花曾梦见谭博回家的情景，居然和现实中的谭博回来一模一样。因此在某一日中午，当兰花的丈夫出门之后，兰花告诉了谭博她梦中的情景。

"你就是这样回来的。"

兰花说。兰花不再如过去那样羞羞答答，毕竟已是儿女成堆的母亲了。她在叙说梦中的情景时，丝毫没有含情脉脉的意思，仿佛在叙说一只碗放在厨房的地上，语气十分平常。

谭博听后也回想起了他在回家路上的某个梦。梦中有兰花出现。但兰花依然是少女时期的形象。

"我也梦见过你。"

谭博说。

他看到此刻变得十分粗壮的兰花，不愿费舌去叙说她昔日的美丽。有关兰花的梦，在谭博那里将永远地销声匿迹。

四

一九七二年十二月。垂头丧气的谭博以反革命分子的身份回到家中。母亲已经去世，他是来料理后事。

此刻兰花的儿女基本上已经长大成人。兰花依然如过去那样没有职业。当谭博走入家中时，兰花正在洗塑料布，以此挣钱糊口。

谭博身穿破烂的黑棉袄在兰花身旁经过时，略略站住了一会儿，向兰花胆战心惊地笑了笑。

兰花看到他后轻轻"哦"了一声。

于是他才放心地朝自己屋内走去。过了一会儿，兰花敲响了他的屋门，然后问他：

"有什么事需要我？"

谭博看着屋内还算整齐的摆设，不知该说些什么。

母亲去世的消息是兰花设法通知他的。

这一次，两人无梦可谈。

五

一九八五年十月。已经离休回家的谭博，终日坐在院内晒着太阳。还是秋天的时候，他就怕冷了。

兰花已是白发苍苍的老人了，可她依然十分健壮。现在是一堆孙儿孙女围困她了。她在他们之间长久周旋，丝毫不觉疲倦。同时在屋里进进出出，干着家务活。

后来她将一盆衣服搬到水泥板上，开始洗涮衣服。

谭博眯缝着眼睛，看着她的手臂如何有力地摆动。在一片"唰唰"声里，他忧心忡忡地告诉兰花：

他近来时常梦见自己走在桥上时，桥突然塌了。走在房屋旁时，上面的瓦片奔他脑袋飞来。

兰花听了没有作声，依然洗着衣服。

谭博问：

“你有这样的梦吗？”

“我没有。”

兰花摇摇头。

一九八九年八月

祖　先

一位满脸白癜风斑的货郎，摇着拨浪鼓向我们村走来。我们村庄周围的山林在初秋的阳光里闪闪发亮。没有尘土的树叶，如同玻璃纸一样清澈透明。这是有关过去的记忆，那个时代和水一起流走了。我们的父辈们生活在这里，就像是生活在井底，呈现给他们的天空显得狭窄和弯曲，四周的山林使他们无法看到远处。距离对他们而言成了简单的吆喝，谁也不用走到谁的跟前说话，声音能使村庄缩小成一个家庭。如今这一切早已不复存在，就像一位秃顶老人的荒凉，昔日散发着蓬勃绿色的山村和鸟鸣一起销声匿迹了，粗糙的泥土，在阳光下闪耀着粗糙的光芒，天空倒是宽阔起来，一望无际的远处让我的父辈们看得心里发虚。

那天，摇着拨浪鼓的货郎向我们走来时，我正睡在父亲汗味十足的棉袄里，那件脏得发亮的棉袄包住了我，或者说我被稻草捆住了。一个我异常熟悉的女人把我放在田埂上，她向我俯下身来时头发刺在了我的脸上，我发出了青蛙般的叫声。我的母亲就直起了身体。她对她长子的叫声得意洋洋，而在田里耕作的父亲对我表达生命的叫唤似乎充耳不闻，他用柳枝抽打着牛屁股，像是一个爬山的人前倾着身体。我母亲用力撕下了头巾，让风把头发吹得重又整齐后，又使劲扎上了头巾。这一组有些夸张的动作，展示了我母亲内心的不满。我父亲对他长子的麻木，让我母亲对他夜晚的欢快举动疑惑不解。这位在水田里兢兢业业的男人实际上是一个没有目的的人，对他来说，让我母亲怀孕与他将种子播入田里没什么两样，他不知道哪件事更值得高兴。我母亲对他喊：

"喂，你听到了吗？"

我父亲将一只脚从烂泥里拔了出来，扭着身体看我母亲。这时候谁都听到了白癜风货郎的拨浪鼓，鼓声旋转着从那些树叶的缝隙中远远飘来。我看到了什么？青草在我眼睛上面摇晃，每一根都在放射着光芒，明亮的天空里生长出了无数闪闪发亮的圆圈，向我飞奔而来，声音却是那么遥远。我以为向我飞来的圆圈是用声音组成的。

在我父亲黝黑的耳中，白癜风货郎的鼓声替代了我刚才的叫唤，他脸上出现了总算明白的笑容。我父亲的憨笑是为我母亲浮现的，那个脸上白斑里透出粉红颜色的货郎，常为女人带来喜悦。我忠诚的父亲对远远来临的鼓声所表达的欢乐，其实是我母亲的欢乐。在鼓声里，我母亲看到了色彩古怪的花朵，丧失了绿叶和枝丫后，直接在底色不同的布料上开放。这种时候母亲当然忘记了我。渐渐接近的拨浪鼓声使我父亲免除了责备，虽然他对此一无所知。我母亲重又撕下了头巾，拍打着身上的尘土向鼓声传来的树林走去。她扭动着的身体，使我父亲的目光越来越明亮。

一群一群栖息的鸟，从树林里像喷泉一样飞向空中，在光芒里四散开去。我可能听到了树梢抖动后的哗哗声。我那无法承受阳光而紧闭的眼睛里，一片声音在跳跃闪烁。那些在田里的男人双手抱住他们的锄头，看着村里的女人拥向鼓声传来的地方。她们抬起胳膊梳理着头发，或者低头拍打裤管上的泥土，仅仅是因为白癜风货郎的来到，使她们如此匆忙地整理自己。

拨浪鼓的响声在树林上方反复旋转。遮住了天空的树林传来阵阵微妙的风声，仿佛是很多老人喑哑的嗓音在诉说，清晰的鼓声飘浮其上，沿着山坡滑了过来。我母亲伸直了脖子，像是仰望天空一样望着伸手可及的树林。她和村里的女人在一起便要叽叽喳喳，女人尖厉的声音刺激了我张开的耳朵，为什么女人的声音要和针一样锋利，在明亮的空中一道一道闪烁，如同我眼睛上面的青草，摇摇晃晃刺向了天空。

那个货郎总是偏离方向，我母亲她们听到鼓声渐渐斜过去，不由焦虑万分，可她们缄口不言。她们伸长了脖子，犹如树巢里的麻雀。如果她们齐声呼喊的话，将有助于货郎找到我们村庄。在这些女人的费解的沉默里，货郎似乎意识到了判断上的误差，于是鼓声令人欣喜地斜了回来。问题是他又逐渐斜向了另一端。满脸白癜风斑的货郎踩着松软的枯叶，在枝丫的缝隙里弯弯曲曲地走来。终于让她们听到了扁担吱呀吱呀的响声，隐藏在旋转的鼓声里，微弱无力，却是激动人心的。

货郎拨开最后一根阻挡他的树枝，被担子压弯了的腰向我们村庄倾斜过来。他看到众多女人的眼睛为他闪闪发光时，便露齿一笑。他的一口白牙顿时使脸上的白斑黯淡无色。

于是女人尖厉的声音像沸水一样跳跃起来，她们的欢乐听上去是那么的轻飘飘毫无掩饰之处。我已经能够分辨其中的那个声音，从我母亲张开的嘴飞翔而出，她滔滔不绝，就像是石片在水面上滑过去激起一连串的波浪，我意识到了母亲的遥远，她的嗓音里没有潮湿的气息喷在我脸上，我最初感受到了被遗弃的恐惧。过于明亮的天空使我的眼睛开始疼痛难忍，那些摇晃的草尖明确了我的孤独。我张开空洞的嘴，发出与我处境完全吻合的哭喊。

谁会在意一个微小生命的呼叫？我显示自己存在的声音，说穿了只是一只离开树根爬到阳光底下的蚂蚁，谁也不会注意它的自我炫耀。我母亲彻底沉浸到对物质的渴求之中，她的眼睛因为饥饿而闪耀着贪婪的光芒，她的嘴在不停地翕动，可是她一点也不知道自己在说些什么。事实上这并不重要，她翻动货郎担子里物品的手指有着比嘴里更急迫的语言。我的父亲，脸上布满难以洗尽的尘土的父亲，正虔诚注视着我母亲的激动。他听不到我的哭喊，他作为丈夫比作为父亲更值得信赖。

我哇哇哭叫，全身开始抽搐，可是没有人理会我，哪怕是回过身来望我一眼的人也没有。父亲的破烂棉袄捆住了我，我无力的腿蹬不开这束缚，只有嘴是自由的。我的哭喊飘出了村庄，进入了四周的树林。如果真像村里上了年纪的人所说的那样，我当初的哭声穿越了许多陈旧的年代，唤醒了我们沉睡的祖先。我同时代的人对我的恐惧置之不理时，我的一位祖先走过漫长的时间来到了我的身旁。我感到一双毛茸茸的手托起了我，身体的上升使哭喊戛然而止，一切都变得令人安心和难以拒绝。一具宽阔的胸膛如同长满青草的田地，替我阻挡了阳光的刺激。我的脸上出现痒滋滋的感觉，我的嘴唇微微张开，发出呀呀的轻微声响，显然我接受了这仿佛是杂草丛生的胸膛。

因我无人理睬的哭叫而走向我的那具宽大的身躯，听说长满了长长的黑毛。村里当初目睹此事的人都弄不清他头颅上生长的是和身上一样的毛，还是头发。他们无法判断哪种更长。他那两颗像鸡蛋一样滚圆的眼睛里有着明亮的目光，这一点谁都铭心刻骨。他的形象十分接近我们理解中的祖先，如果他真是我们的祖先，这位祖先显得过于粗心大意了。我的哭叫无意中成为一块放在陷阱上面涂抹了酱油的肉，引诱着他深入到现代人的敌意之中。

　　他像货郎一样拨开了树枝，迈动着两条粗壮的短腿，摇晃着同样粗壮的胳膊，大模大样地走来了。那时候我的父亲依然抱着他的锄头痴笑地看着我母亲。我母亲和众多女人都俯身翻弄着货担里的物品。她们臀部结实的肉绷紧了裤子。货郎的手也伸进了担子里。女人的手在翻弄货物时，他翻弄着女人的手。后来他注意到一双肤色异样的手，很难说它充满光泽，可是里面的肉正一鼓一鼓地试图涌出来，他就捏住了它。这只哺乳时期女人的手有着不可思议的松软。我母亲立刻抬起脸来，与货郎相视片刻后，两人都微微一笑。

　　此刻，那位类似猩猩又像是猿人的家伙，已经走到我的身旁。他从田埂上走过来时很像是走钢丝的杂耍艺人，伸开两条粗短的胳膊，平衡着自己摇摆的身躯。宽大的长满黑毛的脚丫踩着青草走来，传来一种似苍蝇拍子拍打的响声，应该说他出现时显得颇为隆重，在村庄喧闹的白昼里，他的走来没有一丝隐蔽可言，可是竟然没有一个人注意他。

　　我母亲松软的手遭受货郎的袭击之后，这位女人内心涌上了一股怅然之情，她一下子被推到货物的诱惑和陌生的勾引之间，一时间无从选择。接下来她体现出了作为妻子的身份，我母亲扭过脸去张望我的父亲。那时候我父亲看得过于入迷，脸上渐渐出现严肃的神情。这使我母亲心里咯噔一下，她呆呆望着我父亲，无从判断刚才转瞬即逝的隐秘行为是否被我父亲一眼望到。我母亲的眼中越来越显示出了疑惑不解。前面浓密的树林逐渐失去阳光的闪耀，仿佛来到了记忆中最后的情景，树林在风中像沉默的波涛在涌动。正是那个黑乎乎的大家伙使我母亲摆脱了窘境，她看到一具宽阔的身体从我父亲身后移了过去，犹如阳光投射在土墙上的黑影。最初的时候，我母亲并没有去重视这日光背影上出现的身躯。她的思绪乱纷纷如同远处交错重叠的树叶。直到那个宽大的身形抱起我重又从我父亲身后慢吞吞移过去时，我母亲才蓦然一惊。她看清了那个可怕的身形，他弯曲的双臂表示他正抱着什么。我母亲立刻去眺望我刚才躺着的田埂，她没有看到自己的儿子，谁也想不到我母亲会发出如此尖厉的喊叫，她的脑袋突然向前刺过去，双手落到了身后，她似乎是对我父亲喊：

"你——"

我母亲的喊叫给所有人都带来了惊慌，那些沉浸在货物给予的欢乐中的女人，吓得也跟着叫起来。她们的叫声七零八落，就像是一场暴雨结束时的情景。我父亲在那一刻睁大了眼睛，显而易见，他是那一刻对恐惧感受最深的人，虽然他对我的被劫持一无所知。就连那位抱着我的长满黑毛的家伙，也被我母亲闪电一般的叫声所震动，他的脚被拖住似的回过身，两只滚圆的眼睛闪着异常的光芒。这很可能是恐惧的光芒。他看到我母亲头发飘扬起来，喊叫着奔跑过来。

我母亲的惊慌没过多久，就让所有的人都明白发生了什么灾难。她不顾一切地奔跑给了其他人勇气。货郎是最先表达自己勇敢的人，他随手操起一根扁担，从另一个方向跑向那个黑乎乎的家伙。他是要抢先赶到树林边截住偷盗婴儿者。几个在田里的男人此刻也跳上了田埂，握着锄头去围攻那个怀抱我的家伙。他们奔跑时脚上的烂泥向四处飞去。那些女人，心地善良的女人，被我母亲面临的灾祸所激动，她们虽然跑得缓慢，可她们的尖声大叫同样坚强有力。倒是我的父亲，在那一刻显得令人不可思议地冷静。他依然双手抱住锄头，茫然注视着这突然出现的纷乱。我的父亲只是反应不够迅速，在那种时候，即便是最胆小的人，也会毅然投入到奔跑的人们中间。迷惑控制了我的父亲，他为眼前出现的胡乱奔跑惊住了，也就是说他忘记了自己。

与我母亲他们慌乱地喊叫着奔跑相比，那个抱住我的黑家伙显示出了完全不同的一副模样。他的神情十分放松，仿佛周围的急剧变化与他毫不相干，他在田埂上摇摇摆摆比刚才走来时自如多了。他摇晃着脑袋观看那些从两边田埂上慌乱跑来的人。这样的情形令他感到趣味横生，于是他露出了凌乱的牙齿，那个时候我肯定睁开着眼睛，我的脸贴在他使我发痒的胸膛上，当我们村庄处于惊慌失措之中时，我是另一个心安理得的人。我和那些成年人感受相反，在他们眼中十分危险的我，却在温暖的胸口上让自己的身体荡漾。

那个差一点成为我的抚养者的家伙，走完狭窄的田埂，顷刻就要进入密密的树林里，被满脸白癜风的货郎挡住了去路。

货郎横开着扁担，向他发出一系列的喊叫。货郎充满激情的恐吓与诅咒只对我们身后的人有用。对我们而言，货郎的威胁犹如来自遥远的叫喊，与此刻并不相关。怀抱着我的他没有停下脚步，而是直愣愣地向货郎走去。瘦小的货郎在这具逼近的宽大身躯前连连倒退。货郎举起了扁担，指望能够以此改变我们的前进。我们一如既往。货郎只能绝望地喊叫着将扁担打下来。我感到自己的身体往上一颠，我依靠着的胸口上面，一张嘴开始了啊啊的喊叫，声响粗壮有力，使货郎立刻脸色苍白，闪向了一旁。我母亲终于扑了过来，她用脑袋猛烈撞击那个黑乎乎的身体。我母亲哭叫的求救声，使村里人毫不畏惧地围了上来。几个男人用锄头砍过来，可是到了近前他们立刻缩回了锄头，是怕砍伤了我。这个时候那个黑家伙才惊慌起来。他左冲右突都被击退，最后他突然跪在了地上，将我轻轻放在一堆草丛上面，然后起身往前猛冲过去。阻挡他的人看到我已被放弃，都停住攻击把身体往旁边闪开。他蹦跳着奔向树林，横生的树枝使他的速度蓦然减慢，他几乎是站住了，小心翼翼地拨开树枝挤进了树林。有一段时间，在外面的人都能清晰地听到他宽大的脚丫踩着枯叶走去时的沙沙声。

我来到了母亲的怀中，我嗅到了熟悉的气味，同样熟悉的声音在我脸蛋的上面滔滔不绝。我母亲摆脱了紧张之后开始了无边的诉说，激动使她依然浑身颤抖不已。母亲胸前的衣服摩擦着我的脸，像是责骂一样生硬。她的手臂与刚才的手臂相比实在太细了，硌得我身体里的骨头微微发酸。总之一切都变得令人不安，这就是为什么我突然哇哇大叫起来。

直到这时，我的父亲才恍然明白发生了什么。在危险完全过去后，我父亲扔掉锄头跳上了田埂，仿佛一切还未结束似的奔跑了过来。他的紧张神态让村里人看了哄笑起来。我父亲置之不理，他满头大汗跑到正在哭叫的我身前。我注定要倒霉的父亲其实是自投罗网，他的跑来只能激起我母亲满腹的怒气。我母亲瞪圆了眼睛，半张着嘴气冲冲地看了我父亲半晌，她简单的头脑里寻找着所有咒骂我父亲的词汇。到头来她感到所有词汇蜂拥而出都难解心头之气。面对这样一个玩忽职守的男人，我母亲只能使自己身体胡乱抖动。

我父亲到这种时候依然没有意识到事实的严重。他对他儿子的担忧超越了一切，我的哇哇哭叫让他身心不安。他向我伸出了手臂，也向我母亲指出了惩罚的方式。我母亲挥臂打开了他的手，紧接着是怒气十足地一推，我父亲仰身掉入了水田，溅起的泥浆都扑到了我的脸上。村里人都看到了这一幕，谁也没有给予我父亲一丝同情的表示。他们似乎是幸灾乐祸地看着这个满身泥水的男人，几声嗤笑此起彼伏，他们把我父亲当成了一个胆小的人。我母亲怀抱还在哭叫的我咚咚地走向了我们的茅屋。我的脑袋在她手臂上挂了下去，和她的衣角一起摇来晃去。我父亲站起了身体，让泥水往下滴落，微弓着背苦恼地看着走去的妻子。

　　这天傍晚来临的时刻，村里人都坐在自家门口，喊叫着议论那个浑身长满黑毛的家伙。村庄的上空飘满了恐惧的声音。在此之前，他们谁都不曾见过这样的怪物。现在他们开始毫不含糊地感受到自己处于怎样的危险之中。那片对他们而言浓密的、无边无际的森林，时刻都会来毁灭我们村庄。仿佛我们已被虎啸般可怕的景象所包围。尤其是女人，女人叫嚷着希望男人们拿起火枪，勇敢地闯进树林，这样的行为才是她们最爱看到的。当女人们逐个站起了身体变得慷慨激昂的时候，我们村里的男人却不会因此上当，尽管他们不久前为了救我曾不顾一切地奔跑，集体的行为使他们才变得这么勇敢。此刻要他们扛起火枪跨进那方向和目标都毫无意义的树林，如同大海捞针一样去寻找那个怪物，确实让他们勉为其难。

　　"上哪儿去找啊？"

　　一个人这样说，这似乎是他们共同的声音。我们的祖辈里只有很少几个人才有胆量到这走不到头的树林里去闯荡。而且这几个人都是不知死活不知好歹的傻瓜。他们中间只有两个人回到我们村庄，其中一个在树林里转悠了半年后终于将脑袋露到树林外面时，立刻呜呜地哭了，把自己的眼睛哭得就跟鞭子抽过似的。如今，这个人已经上了年纪，他微笑着坐在自己门前，倾听他们的叫嚷。

　　一个男人说："进去就进去，大伙得一起进去，半步都不能分开。"

老人开始咳嗽，咳了十来声后他说："不行啊，当初我们五个人进去时也这么说，到了里面就由不得你了。最先一个说是去找水喝，他一走人就丢了，第二个只是到附近去看看，也丢了，不行啊。"

来自树林的恐怖被人为地加强了，接下来出现的沉默虽只有片刻，却足以证明这一点。女人们并不肩负这样的责任，所以她们可以响亮地表达自己的激动。有一个女人手指着正收拾物品的货郎说：

"他怎么就敢在林子里走来走去？"

货郎抬起脸，发出谦和的微笑。他说："我是知道里面的路。"

"你生下来就知道这条路？"

面对女性响亮的嗓音，货郎感到不必再掩饰自己的勇敢，他不失时机地说：

"我生下来胆子就大。"

货郎对我父辈的嘲笑过于隐晦，对他们不起丝毫作用，倒是激励了女人的骄傲，她们喊叫道：

"你们呀，都被阉过了。"

一个男人调笑着说："你们替我们进树林里去吧。"

他立刻遭到猛烈的回击，其中最为有力的一句话是：

"你们来替我们生孩子吧。"

男的回答："你们得先把那个通道借给我们，不是我们怕生孩子，实在是不知道小崽子该从什么地方出来。"

女人毕竟头脑简单，她们并没意识到话题已经转移，依然充满激情地沉浸在类似的争执之中。所有的女人里，只有我母亲缄口不言。她站在屋门口怀抱着我，微皱眉头眺望高高耸起的树林，她的脸上流露出羞愧与不安交替的神色。我父亲的胆怯不是此刻共同出现的胆怯，他在白天的那一刻让我母亲丢尽了脸。他蹲在一旁神色凄凉，眼睛望着地上的泥土迟迟没有移开。傍晚来临的秋风呼呼吹来，可吹到他脸上时却十分微弱。当村里男女的喊叫越来越和夜晚隐秘之事有关，他们也逐渐深入到放松的大笑中时，我的父母毫无所动，两人依然神情滞重地在屋门口沉思默想。

天色行将黑暗，货郎一反往常的习惯，谢绝了所有留宿的邀请。他将拨浪鼓举过头顶，哗啦哗啦地摇了起来，这是他即将出发的信号。村里四五个能够走路的孩子跟在他的身后，全都仰起脑袋，惊奇地看着货郎的手。鼓槌飞旋之时，货郎的手似乎纹丝没动。

货郎走过我母亲身边时，意味深长地转过脸来向她一笑，那张布满白斑的脸在最后的霞光里亮得出奇。我母亲僵硬的脸因为他的微笑立刻活泼了起来。她肯定回报了货郎的微笑。我昏睡的身体在那一刻动弹了几下，母亲抱紧了我，她的胸口压紧了我的脸。我母亲前倾着身体，她的目光追随着货郎的背影，在黄昏的时刻显得十分古怪。

货郎走去时没有回头，他跨上了一条田埂，弯曲着脊背走近树林。村里的孩子此刻排成一行，仍然仰着脑袋惊讶万分地看着他摇拨浪鼓的手。那时候我父亲也抬起了脸，拨浪鼓的远去使他脸上露出迷惑的笑意。是什么离去的声音刺激了他，他暂时摆脱我母亲沉默所带给他的不安。

货郎已经走到了树林边上，这时天色微暗，他转过身来，那一行孩子立刻站住了脚，看着货郎向我们村庄高举起拨浪鼓，使劲地摇了起来，直到现在孩子们才终于看清了他的手在动。

只有我母亲一个人能够明白货郎高举拨浪鼓是为了什么。他不是向我们村庄告别，不是告别，而是在召唤。我母亲脸上出现了微妙的笑意，随即她马上回头看了一眼我的父亲。我父亲不合时宜地表达了他的受宠若惊，使我母亲扭回头去时坚决而果断。她第一次清晰地感受到自己来到了两个男人的中间，难以言说的情绪慢慢涌上心头。此刻一个已经消失在昏暗的树林之中，一个依然在自己的身旁，那几个孩子响亮地说些什么走了回来，在我母亲的近旁分散后各自回到家中。拨浪鼓还在清晰地响着，货郎似乎是直线往前走去。没过多久，鼓声突然熄灭了，不由使我母亲心里一惊，她伸长了脖子眺望已经黑暗的树林。我父亲这时才站起身体跺着两条发麻的腿。他在我母亲身后跺脚时显得小心翼翼。其实那时我母亲对他已是视而不见了。鼓声紧接着又响了几下，货郎的拨浪鼓一会儿响起一会儿沉寂，间隔越来越短，鼓声也越来越急躁不安。

我母亲缓缓地转过身去，走回到屋中床边，把已经熟睡的我放在了床上，伸出被夜风吹凉了的手指替我擦去流出的口水，然后吹灭油灯走向屋外。

我父亲手扶门框看着他妻子从身旁走过。借着月光他看到我母亲脸上的皮肤像是被手拉开一样，绷得很紧。她走过我父亲身旁，如同走过一个从不相识的人身旁，走到屋外时她拍打起衣服上的尘土，不慌不忙地走上了田埂，抬起胳膊梳理着头发。那时货郎的鼓声又急剧地响了起来。我父亲看着她的身影越来越小，一个很小的黑影走近了那片无边无际的巨大黑影。

我母亲的断然离去，在父亲心中清晰简单地成为对他的指责。他怎么也无法将树林里的鼓声和正朝鼓声走去的女人联系到一起。他只能苦恼地站在门口，看着他妻子在黑夜里消失。接下去是村庄周围树叶在风中发出的沙沙声，犹如巨大的泥沙席卷而来一般。在秋天越深越冷的夜里，身穿单衣的父亲全然不觉四肢已经冰凉。他唯一的棉袄此刻正裹在我的身上。我母亲一走了之，使我父亲除了等待她回来以外，对别的一切都麻木不仁。树林里的鼓声那时又响了起来，这次只有两下响声，随后的沉默一直持续到黎明。

村里有人在我父亲身边走过时说："你干吗站在这里？"

我父亲向他发出了苦笑，他不知道此刻应该掩饰，他说：

"我女人走啦。"

他一直站在屋外，冷清的月光照射在他身上。我一点也不知道父亲的苦衷，呼呼大睡，发出小小的呼噜。尽管那时我对父亲置之不理，可我的鼻息是母亲离去之后给予我父亲的唯一安慰。他在屋外时刻都能听到儿子的声音，只是那时我的声音也成为对他的指责。他反复回想白天的事，他的脑袋因为羞愧都垂到了胸前。

黎明来到后，他才看到我母亲从树林里走出来，如同往常收工回家一样，我母亲沿着田埂若无其事地走近了我父亲。她走到他身旁时看到他的头发和眉毛上结满了霜，我母亲就用袖管替他擦去这一夜带来的寒冷。我父亲这时呜呜地哭了。

我父亲就是这天黎明带上他的火枪进山林里去的，他此外没带任何东西，他临走时我母亲正给我喂奶，据她说她一点都不知道我父亲的离去。

村里有好几个人看到了他，他将双手插在单薄的袖管里，火枪背在身后，缩着脑袋在晨雾里走向山林。林里一位年轻人说：

"早啊。"

我父亲也说了声："早啊。"

他决定闯进树林之后，并不知道这是值得炫耀的勇敢行为，他走去时更像是在偷偷摸摸干着别的什么。那个年轻人走过他身旁看到了那杆火枪，立刻大声问他：

"你要进林子里去？"

我父亲那时显得忐忑不安，他回头望了一下，支支吾吾什么话也没有说清楚。这时另外的两个人走上前来，他们一前一后站在我父亲前面，他们问：

"你真是进林子？"

我父亲羞怯地笑了一下。他们说：

"你别进去了，别去找死了。"

后一句使我父亲感到很不愉快，他从袖管里伸出右手拉了拉火枪的背带，从他们身旁走了过去，同时低声说：

"我不是去找死。"

他加快了步子走向树林。此刻晨雾逐渐消散，阳光开始照射到我父亲身上，尽管有些含糊不清。他选择货郎进去的那个地方走进了树林。开始他听到脚下残叶的沙沙声，枯黄的树叶有些潮湿。没走多远，他的布鞋就湿了。我父亲低头寻找着货郎来去时借助的那条小路。在树林的边缘来回探察，用脚摸索着找到了那条弯弯曲曲的小路，他踩到路上时蓦然感到失去了松软的感觉，土地的坚硬透过薄薄一层枯叶提醒了他。他蹲下身子，伸手拨开地上的树叶，便看到了泥土，他知道路就在这里。这里的树叶比别的地方都要少得多。白昼的光亮从顶上倾泻下来，帮助他看清被枯叶遮盖的道路所显露的模糊轮廓。

那时候我父亲听到了依稀的鼓声，在远处的某一个地方渐渐离去。他侧耳倾听了一会儿，分辨出是货郎的拨浪鼓在响着，这使他内心涌上细微的不知所措。昨晚离去的货郎，在此刻仍能听到他的鼓声，对我父亲来说，树林变得更为神秘莫测了。而且脚下的道路也让他多少丧失了一点刚才的信任。他感到这条路的弯曲可能和头顶的树枝一样盘根错节，令人望而生畏。

我父亲在那里犹豫不决，片刻后他才小心翼翼沿着小路往前走去，此时他已消除了刚才的不安。他突然发现自己来到这里并不是要走到树林另一端的外面，他只要能够沿着这条路回来就行了。我父亲微微笑起来，他那克服了不安的腿开始快步向前走，两旁的枝丫留下了被人折断过的痕迹，这证明了我父亲往前走去时的判断是正确的。他逐渐往里走，白昼的光亮开始淡下来，树木越来越粗壮，树枝树叶密密麻麻地交错重叠到一起，周围地上的枯叶也显得更为整齐。他那时只能以枯叶的凌乱来判断路的存在。

在屋外等待妻子整整一夜的他，走了半晌工夫后，身体疲倦。他黎明出发时没吃食物，他感到了饥饿，尽管如此，他没有使自己坐下来休息。靠着斑驳的树干站了一会儿，他离开路向树林深处走去，他将一把锋利的刀握在右手，每走五步都要将一棵树削掉一大块，同时折断阻挡他的树枝。这双重的标记是我父亲求生的欲望，他可以从原先的路回到我们村庄。

我父亲进入山林不是找死，而是要找到那浑身长满黑毛的家伙，他要取下他的火枪，瞄准、射击、打死那个黑家伙，然后把他拖出树林，拖回到我们村庄。我父亲希望看到自己能够这样回到家中，让怀抱我的母亲欣喜地看着他的回来。

他呼哧呼哧喘着气往前走得十分缓慢，他所付出的力气和耕田一样，他时时听到鸟在上面扑打着翅膀惊飞出去的声音。这突然发生的响声总是让我父亲吓一跳。直到它们喳喳叫唤着飞到另一处，我父亲才安下心来。他最担心的是过早遇到猛兽，他所带的火药使他难以接连不断地去对付进攻者。越往里走，我父亲也就越发小心谨慎，他折断树枝时也尽量压低声响。可是鸟的惊飞总让他尴尬，他会不知所措地站在那里，直到鸟声消失。

他感到身上出汗了，汗似乎是哗哗地流了出来，这是身体虚弱的报应。他赶紧从胸口拿出火药，吊在衣服外面，火药挂在胸前，减慢了他前行的速度。他折断树枝时只能更加小心，以免枝丫穿破胸前的布袋。

我父亲艰难地前行，已经力不从心。在这一天行将结束时，他发现树木的品种出现了变化，粗壮高大的树木消失到了身后，眼前出现了一片低矮的树木，同时他听到了流水的响声。我父亲找到了一条山泉，在一堆乱石中间流淌。那时天色变得灰暗下来，他看到树木上挂着小小的红果子，果子的颜色是他凑近以后才分辨出来的。他便采满了一口袋，然后走到泉边喝水，出汗后让他感到饥渴难忍。

这时他听到一阵踩着枯叶的声音隐隐约约传来，似乎有什么朝他走来，他凝神细听了一会儿，声音越来越明显。我父亲马上躲到一棵树后，给枪装上火药，平静地注视着声响传来的方向。过了一会儿，那发出声响的家伙出现在我父亲的目光中。他的出现使父亲心里一怔，此后才感到莫大的喜悦。这个浑身长满黑毛直立走来的家伙，正是我父亲要寻找的。一切都是这么简单，现在他就站在离我父亲十来米的地方。踮起脚采树上的果子。他的背影和人十分相似。我父亲站起来，枪口向他伸去，可能是碰到了树枝，发出的响声惊动了他。他缓慢地转过身来，看到了向他瞄准的我父亲。他那两只滚圆的大眼睛眨了眨，随后咧开嘴向我父亲友好地笑了。我父亲扣住扳机的手立刻凝固了，他一下子忘记了自己为何要来到这里。那黑家伙这时又转回身去，采了几颗果子放入嘴中边咬边走开去。他似乎坚信我父亲不会伤害他，或者他不知道这个举枪瞄准的人能够伤害他。他摇摆着宽大的身体，不慌不忙地走出了我父亲的枪口。

似乎有漫长的日子流走了，我父亲那件充满汗酸味的棉袄在霉烂和破旧的掠夺下已经消失，就像我的父亲一样消失。现在我坐在田埂上，阳光照在我身上，让我没法睁大眼睛。不远处的树林闪闪发亮，风声阵阵传来，那是树叶抖动的声响。田埂旁的青草对我来说，早已不是生长到脸的上方的时候了，它们低矮地贴在泥土上，阳光使它们的绿色泛出虚幻的金黄。我母亲就在下面的稻田里割稻。她俯身下去挥动着镰刀，几丝头发从头巾里挂落出来，软绵绵地荡在她脸的两侧。她时时直起身体用手臂擦去额上的汗水，向我望一两眼。有一次她看到我捉住一只蜻蜓后便露出高兴的笑容。村里成年的人此刻都在稻田里。我看着稻子一片片躺在地上，它们躺下后和站立时一样整齐。我耳中回响着他们嗡嗡的说话声，我一点都不明白他们在说些什么，他们突然发出的笑声使我惊讶，接着我也跟着他们笑，尽量笑得响一点。可是母亲注意了我，她直起身体看了我一会儿。我的仰脸大笑感染了她，我看到她也笑了起来。最让我有兴趣的是一个站着的人对一个俯下身子的人说话，当后一个站起来时，原先站着的人立刻俯身下去，两个人就这样换来换去。

一些比我大的孩子提着割草篮子在不远处跑来跑去。他们也在大声说话，他们说的话我还能听懂一些，他们是在说那位新来的老师，说他拉屎时喜欢到林子里去，这是为什么。

"他怕别人看他。"

一个孩子响亮地说，他说完后嘴还没有闭上就呆呆站在那里，朝我这边看着。我身体左边有脚步声传来，穿着干部服的年轻老师走到我身前，指着我朝田里喊：

"他是谁家的？"

田里没有人理睬他，他又喊了一声。我心里很不高兴。他指着我却去问别人，我说：

"喂，你问我吧。"

他看了我一会儿，还是朝田里喊，我母亲这才起身应道：

"我家的。"

他说："为什么不送他到学校来？"

我母亲一时间不知道说什么好，只是笑眯眯地看着他。我抢先回答：

"我还小，我哪儿都不能去。"

我母亲因为我而获救，她说：

"是啊，他还小。"

年轻的老师转向几个男人喊道：

"谁是他的父亲？"

没有人回答他，母亲站在那里显得越来越尴尬，又是我救了她，我说：

"我爹早就死啦。"

五年前我父亲走进树林之后就再也没有回来，他在那个晨雾弥漫的黎明悄无声息地离开了家，那时我的嘴正贴在母亲的胸前，后来当母亲抱着我，拿着锄头下地时，村里人的话才让她知道发生了什么。她扔下锄头抱着我跑到了树林边，朝里面又骂又喊，要我的父亲回来。我难以知道母亲内心的悲伤。在此后有月光或者黑暗的夜晚，她抱着我会在门前长久站立，每一次天亮都毁灭着她的期待。五年过去以后，她确信自己是寡妇了。死去的父亲在她心中逐渐成了惩罚。

那位年轻的老师在田里众人的默然无语中离去。对一个失去父亲的孩子，他不能继续指责。我仍然坐在那里，刚才在那里大声叫嚷的孩子们突然向西边奔跑过去了。我扭头看着他们跑远，可是没一会儿他们又往这里跑来。我的脖子酸溜溜起来，便转回脑袋，去看正在割稻的母亲。这时候我听到那些跑来的孩子突然哇哇大叫了。我再去看他们，他们站在不远的田埂上手舞足蹈，一个个脸色不是通红就是铁青。他们正拼命呼叫在田里的父母们。随后田里的人也大叫起来。我赶紧去看母亲，她刚好惊慌地看了我一眼，接着转身呆望另一个方向，手里的镰刀垂在那里，像是要落到地上。

我看到了那个浑身长满黑毛的家伙，应该说我是第二次看到他，但我的记忆早已模糊一片。他摇摆着宽大的身体朝我走来，就是因为他的来到才使周围出现这样的恐慌。我感到了莫名的兴奋，他们的吼叫仿佛是表演一样令我愉快。我笑嘻嘻地看着朝我走来的黑家伙，他滚圆的大眼睛向我眨了眨，似乎我们是久别重逢那样。我的笑使他露出了白牙，我知道他也在向我笑。我高兴地举起双手向他挥起来，他也举起双手挥了挥。那两条粗壮的胳膊一挥，他宽大的身体就剧烈摇晃了。他的模样逗得我咯咯大笑。他就这样走近了我，他使劲向我挥手。我看了又看似乎明白他是要我站起来，我就拍拍身边的青草，让他坐下，和我坐在一起。他挥着手，我拍着他，这么持续了一会儿,他真的在我身旁坐下了,伸过来毛茸茸的手臂按住了我的脑袋。我伸手去摸他腿上的黑毛。毛又粗又硬,像是冬天里干枯了的茅草。除了母亲,我从没有得到过这样的亲热,于是我就抬起头去寻找母亲。这时他突然浑身一颤大声吼叫了。我看到一把镰刀已经深深砍进他的肩膀,那是我母亲的镰刀。母亲睁圆了眼睛恐惧地嘶喊着。这景象让我浑身哆嗦。村里很多人挥着镰刀冲过来,朝他身上砍去。他吼叫着蹦起身体,挥动胳膊阻挡着砍来的镰刀。不一会儿他的两条胳膊已经鲜血淋淋。他一步一步试图逃跑,砍进肩膀的那把镰刀一颤一颤的。没多久,他的胳膊已经抬不起来了。耷拉着脑袋任他们朝他身上乱砍。接着他扑通一声坐到了地上,嘴里呜呜叫着,两只滚圆的眼睛看着我。我哇哇地哭喊,那是祈求他们别再砍下去。我的身体被母亲从后面紧紧地抱住,我离开了田埂,在母亲身上摇晃着离去。我还是看到他倒下的情形,他两只乌黑的大眼睛一闭,脑袋一歪,随即倒在了地上。

他死去以后,身上的肉被瓜分了。有人给我母亲送来一块,看到肉上长长的黑毛,我立刻全身抽搐起来。此后很长时间里,我像个被吓疯了的孩子,口水常常从嘴角流出,不说话也不笑,喜欢望着树林发呆。其实我一点也没有疯,我只是难以明白母亲为何要向他砍去那一镰刀。对我来说,他比村里任何人都要来得亲切。他活活被砍死,那鲜血横流的情景让我怎么也忘不了。

那天晚上，村里刚来不久的年轻老师站在一个坡上喊叫着指责他们的行为，他说：

"那是祖先，你们砍死了祖先，你们这群不肖子孙，你们这群畜生，禽兽。"

他是我们的祖先！是我们爷爷的爷爷，而且还要一直爷爷上去，村里人谁都没说话，每家的炊烟都从屋顶升起，他们吃掉了自己的祖先。

我听不明白老师在喊什么，可我感到他是在骂人，骂他们杀死了那个友好的黑家伙。我站在门口看着他怒气冲冲地骂着，我觉得他一个人站在那里怪可怜的，便一步一步走过去，在他身旁坐下。我仰脸看着他喊叫，他每喊一句，我就点一下头。他注意到了我，突然不喊了，看了我一阵后问：

"你吃了那肉了吗？"

我摇摇头，眼泪流了出来。年轻的老师说：

"你明天到学校来上课。"

第二天黎明来到时，村里人都听到一片可怕的呜呜声。当他们跑到门口张望时，看到一群长满黑毛的宽大身体朝他们走来。于是女人们尖声呼叫，要男人们拿出火枪去射击他们。母亲不让我走到屋外，我就趴在窗口向外眺望。我看到他们全都仰着脑袋，呜呜呜叫着慢吞吞走上前来。我握紧自己的两个拳头，浑身哆嗦地看着他们走近，这时候枪声响了，有两具宽大的身体歪曲了几下倒在了地下。他们立刻停止了前进，低头看着死去的伙伴，显然他们不知道发生了什么。枪声继续响着，他们继续前行，不断有身体倒下，接连出现的牺牲使他们惊呆了，在原地站立很久，随后才缓慢地转过身去，低着脑袋一步一步很慢地往树林走去……

一九九二年四月

此文献给少女杨柳

一

很久以来，我一直过着宁静如水的生活。我居住的地方名叫烟，我的寓所是一间临河的平房，平房的结构是缺乏想象力的长方形，长方形暗示了我的生活是如何简洁与明确。

我非常欣赏自己在小城里到处游荡时的脚步声，这些声音只有在陌生人的鞋后跟才会产生。虽然我居住在此已经很久，可我成功地捍卫了自己脚步声的纯洁。在街上世俗的声响里，我的脚步声不会变质。

我拒绝一切危险的往来。我曾经遇到过多次令我害怕的微笑，微笑无疑是在传达交往的欲望。我置之不理，因为我一眼看出微笑背后的险恶用心。微笑者是想走入我的生活，并且占有我的生活。他会用他粗俗的手来拍我的肩膀，然后逼我打开临河平房的门。他会躺到我的床上去，像是躺在他的床上，而且随意改变椅子的位置。离开的时候，他会接连打上三个喷嚏，喷嚏便永久占据了我的寓所，即便燃满蚊香，也无法熏走它们。不久之后，他会带来几个身上散发着厨房里那种庸俗气息的人。这些人也许不会打喷嚏，但他们满嘴都是细菌。他们大声说话大声嬉笑时，便在用细菌粉刷我的寓所了。那时候我不仅感到被占有，而且还被出卖了。

因此我现在更喜欢在夜间出去游荡，这倒不是我怀疑自己拒绝一切的意志，而是模糊的夜色能让我安全地感到自己游离于众人之外。我已经研究了住宅区所有的窗帘，我发现任何一个窗口都有窗帘。正是这个发现才使我对住宅区充满好感，窗帘将我与他人隔离。但是危险依然存在，隔离并不是强有力的。我在走入住宅区窄小的街道时，常常会感到如同走在肝炎病区的走廊上，我不能放弃小心翼翼。

我是在夜间观察那些窗帘的。那时候背后的灯光将窗帘照耀得神秘莫测，当微风掀动某一窗帘时，上面的图案花纹便会出现妖气十足的流动。这让我想起寓所下那条波光粼粼的河流，它流动时的曲折和不可知，曾使我的睡眠里出现无数次雪花飘扬的情景。窗帘更多的时候是静止地出现在我视野中，因此我才有足够的时间来考察它们的光芒。尽管灯光的变化，与窗帘无比丰富的色彩图案干扰了我的考察。但当我最后简化掉灯光和色彩图案后，我便发现这种光芒与一条盘踞在深夜之路中央的蛇的目光毫无二致。自从这个发现后，在每次走入住宅区时，我便感到自己走入了千百条蛇的目光之中。

在这个发现之后很久，也就是一九八八年五月八日那一天。一个年轻的女子向我走了过来。她走来是为了使我的生活出现缺陷，或者更为完美。总而言之，她的到来会制造出这样一种效果，比如说我在某天早晨醒来时，突然发现卧室里增加了一张床，或者我睡的那张床不翼而飞了。

二

事实上，我与外乡人相识已经很久了。外乡人来自一个长满青草的地方，这是我从他身上静脉的形状来判断的。我与他第一次见面是在一个夏日的中午，由于炎热他赤裸着上身，他的皮肤使人想起刚刚剥去树皮的树干。于是我看到他皮肤下的静脉像青草一样生长得十分茂盛。

我已经很难记起究竟是在什么时候认识外乡人的，只是觉得已经很久了。但我知道只要细细回想一下，我是能够记起那一日天空的颜色和树木上知了的叫声。外乡人端坐在一座水泥桥的桥洞里。他选择的这个地方，在夏天的时候让我赞叹不已。

外乡人是属于让我看一眼就放心的人，他端坐在桥洞里那副安详无比的模样，使我向他走去。在我还离他十米远的时候，我就知道他不会去敲我长方形的门，他不会发现我的床可以睡觉可以做梦，我的椅子他也同样不会有兴趣。我向他走去时知道将会出现交谈的结局，但我明白这种交谈的性质，它与一个正在洗菜的女人和一个正在点煤球炉男人的交谈截然不同。因此当他向我微笑的时候，我的微笑也迅速地出现。然后我们就开始了交谈。

出于谨慎，我一直站立在桥洞外。后来我发现他说话时不断做出各种手势。手势表明他是一个欢迎别人走入桥洞的人。我便走了进去，他立刻拿开几张放在地上的白纸，白纸上用铅笔画满了线条，线条很像他刚才的手势。我就在刚才放白纸的地方坐了下去，我知道这样做符合他的意愿。然后我看到他的脸就在前面一尺处微笑，那种微笑是我在小城烟里遇到的所有微笑里，唯一安全的微笑。

他与我交谈时的声音很平稳，使我想起桥下缓缓流动的河水。我从一开始就习惯了这种声音。鉴于我们相识的过程并不惊险离奇，他那种平稳的声音便显得很合适。他已经简化了很多手势，他这样做是为了让我去关注他的声音。他告诉我的是有关定时炸弹的事，定时炸弹涉及几十年前的一场战争。

一九四九年初，国民党上海守军司令汤恩伯决定放弃苏州、杭州等地，集中兵力固守上海。镇守小城烟的一个营的国民党部队连夜撤离。撤离前一个名叫谭良的人，指挥工兵排埋下了十颗定时炸弹。谭良是同济大学数学专业的毕业生。在那个星光飘洒的夜晚，他用一种变化多端的几何图形埋下了这十颗炸弹。

谭良是最后一个撤离小城烟的国民党军官，当他走出小城，回首完成最后一瞥时，小城在星光里像一片竹林一样安静。那时候他可能已经预感到，几十年以后他会重新站到这个位置上。这个不幸的预感在一九八八年九月三日成为现实。

尽管谭良随同他的部队进驻了上海。可上海解放时，在长长走过的俘虏行列里，并没有谭良。显然在此之前他已经离开了上海，他率领的工兵排那时候已在舟山了。舟山失守后，谭良也随之失踪。在朝台湾溃退的大批国民党官兵里，有三个人是谭良工兵排的士兵。他们三人几乎共同认为谭良已经葬身大海，因为他们亲眼看到谭良乘坐的那艘帆船如何被海浪击碎。

一九八八年九月二日傍晚五点整，一个名叫沈良的老渔民，在舟山定海港踏上了一艘驶往上海的班轮。他躺在班轮某个船舱的上铺，经过了似乎有几十年般漫长的一夜摇晃。翌日清晨班轮靠上了上海十六铺码头。沈良挤在旅客之中上了岸，然后换乘电车到了徐家汇西区长途汽车站。在那天早晨七点整时，他买到了一张七点半去小城烟的汽车票。

一九八八年九月三日上午，他坐在驶往小城烟的长途汽车里，他的邻座是一位来自远方的年轻人。年轻人因患眼疾在上海某医院住了一个月，病愈后由于某种原因他没有直接回家，而是去了小城烟。在汽车里，沈良向这位年轻人讲述了几十年前，一个名叫谭良的国民党军官，指挥工兵排在小城烟埋下了十颗定时炸弹。

三

外乡人说："十年前。"

外乡人这时的声音虽然依旧十分平稳，可我还是感觉到里面出现了某些变化。我感到桥下的水似乎换了一个方向流去了。外乡人的神态已经明确告诉我，他开始叙述另一桩事。

他继续说："十年前，也就是一九八八年五月八日。"

我感到他犯了一个小小的错误，因为一九八八年五月八日还没有来到。于是我善意地纠正道：

"是一九七八年。"

"不。"外乡人摆了摆手，说，"是一九八八年。"他向我指明："如果是一九七八年的话，那是二十年前了。"

四

十年前，也就是一九八八年五月八日，外乡人的个人生活出现了意外。这个意外导致了外乡人在多月之后来到了小城烟。

五月八日之后并不太久，他的眼睛开始不停地掉眼泪，与此同时他的视力也逐渐沉重起来。这些只有他一个人知道，他没有告诉任何人，包括家人。他隐约感到视力的衰退与五月八日发生的那件事有关。那件事十分隐秘，他无法让别人知道。因此他束手无策地感觉着身外的景物越来越模糊与混浊。

直到有一天，他父亲坐在阳台的椅子里看报时，他把父亲当成了一条扔在椅子里的鸭绒被，走过去抓住了父亲的衣领。两日之后，几乎所有熟悉他的人，都知道他的眼睛正走在通往黑暗的途中。于是他被送入了当地的医院。

从那一日起，他不再对自己躯体负责。他听任别人对他躯体发出的指挥。而他的内心则始终盘旋着那件十分隐秘的事。只有他知道自己的眼睛为何会走向模糊。他依稀感到自己的躯体坐上了汽车，然后又坐上了火车。火车驶入上海站后，他被送入了上海的一家医院。

在他住院后不到半个月，也就是一九八八年八月十四日。一个来自外地的年轻女子，在虹口区一条大街上，与一辆急驶过来的解放牌卡车共同制造了一起车祸。少女当即被送入外乡人接受治疗的医院。四小时后少女死在手术台上。在她临终前一小时，主刀医生已经知道一切都无法挽回，因此与少女的父亲，一个坐在手术室外长凳上不知所措的男人，讨论了有关出卖少女身上器官的事宜。那个男人显然被这突如其来的惨祸弄得六神无主，他虽然什么都答应了，可他什么都没有明白过来。

年轻女子的眼球被取出来以后，由三名眼科医生给外乡人做了角膜移植手术。在一九八八年九月一日上午，外乡人眼睛上的纱布被永久地取走了。他仿佛感到有一把折叠纸扇在眼前扇了一下，于是黑暗消失了。外乡人看到父亲站在床前像一个人，确切地说是像他的父亲。

外乡人继续在那张病床上睡了两个夜晚，在九月三日这一天他才正式出院。他在这天上午来到徐家汇西区长途汽车站，坐上了驶向小城烟的长途汽车。他的父亲没有与他同行，父亲在送他上车以后便去了火车站，他将坐火车回家。

外乡人没有和父亲一起回家，而去了他以前从未听闻过的小城烟。他要去找一个男人。那个男人曾经有过一个名叫杨柳的女儿。杨柳十七岁时在上海因车祸而死。她的眼球献给了外乡人。这些情况是他病愈时一位护士告诉他的。他在那家医院的收费处打听到了杨柳的住址。杨柳住在小城烟曲尺胡同26号。

上海通往烟是一条沥青色的柏油马路，在那个初秋阴沉的上午，重见光明后第三天的外乡人，用他的眼睛注视着车窗外有些灰暗的景色。他的邻座是一位老人，老人尽管穿戴十分整齐，可他身上总是散发着些许鱼腥味。老人一直闭着眼睛，直到汽车驶过了金山，老人的眼睛始才睁开，那时候外乡人依然望着窗外。在汽车最后四分之一的行程里，老人开始说话。他告诉外乡人他叫沈良，是从舟山出来的。老人还特别强调：

"我从出生起，一直没有离开过舟山。"

他们的谈话并没有就此终止，而是进入了几十年前的那场战争。事实上整个谈话过程都是老人一个人在说，外乡人始终以刚才望着窗外的神色听着。

老人如同坐在家中叙述往事一样，告诉外乡人那个名叫谭良的国民党军官与十颗定时炸弹的事。在汽车接近小城烟时，老人刚好说到一九四九年初的夜晚，谭良走出小城烟，回首完成最后一瞥时，看到小城像一片竹林一样安静。

在汽车里接近的小城，由于阴沉的天色显得灰暗与杂乱。老人的话蓦然终止，他看着迅速接近的小城，他的眼睛像一双死鱼的眼睛。他没再和外乡人说话。有关谭良后来乘坐的帆船被海浪击碎一事，是过去了几天以后，在那座水泥桥上，老人与外乡人再次相遇。他们说了很多话，外乡人是在那次谈话里得知谭良葬身大海的。

汽车驶进了小城烟的车站。外乡人和沈良是最后走出车站的两位旅客。那时候车站外站着几个接站的人。有两个男人在抽烟，一个女人正和一个骑车过去的男人打招呼。外乡人和沈良一起走出车站，他们共同走了二十来米远，然后沈良站住了脚，他在中午的阳光里看起了眼前这座小城。外乡人继续往前走，不知为何外乡人走去时，脑中出现沈良刚才在车上叙述的最后一个情景——谭良在一九四九年初离开时，回首望着在月光里像竹林一样安静的小城。

外乡人一直往前走。他向一个站在路边像是等人的年轻女子打听了旅店，那女子伸手往前一指。所以外乡人必须一直往前走。

他走在一条水泥路上，两旁的树木在阴沉的天空下仿佛布满灰尘似的毫无生气。然而那些房屋的墙壁却显得十分明亮，即便是石灰已经脱落的旧墙，也洋溢着白日之光。

后来他走到了那座水泥桥旁，他站住了脚。那时候有几千民工在掘河。他走上了水泥桥，站在桥上看着他们。于是他看到几个民工挖出了一颗定时炸弹。正是在那一刻里，炸弹之事永久占据了他的内心。而曲尺胡同26号与名叫杨柳的少女，在他的记忆里如一片枯萎的树叶一样飘扬了出去。

五

一九八八年五月八日夜晚，我与往常一样，离开了临河的寓所。

我小心翼翼地将门关上，尽量不让它发出声响。我这样做是证明自己区别于那些粗俗的邻居，他们关门时总要发出一种劈柴似的声音。然后我走上了那条散发着世俗气息的窄小的街道。

那是一个月色异常宁静的夜晚，但是街上没有月光，月光挂在两旁屋檐上，有点近似清晨的雨水。我走在此刻像是用黑色油漆涂抹过的街道上，这条街道与城内所有的街道一样，总是让我感到不安。黑暗并不能让我绝对安心。街道在白天里响彻过的世俗声响，在此刻的宁静里开始若隐若现。它们像一些浅薄的野花一样恶毒地向我开放起来。

我在走过街道时，没有遇上一个人。这是我至今为止最愉快的一次行走。所以我没有立刻走上横在前面这条城内最宽阔的大街，而是回首注视那条在月光下依旧十分黑暗的街道。刚才行走在上面的不安已经荡然无存。我迟迟没有继续往前行走，是因为我无法否定自己再次走上那条街道的可能。

我在路口显示出来的犹豫并没有持续多久。一个人，确切说是一个人模糊的影子在那条街道上展览出来，他的脚步声异常清晰。他脚上的皮鞋在任何商店都可以买到，而且他还在某个角落的鞋匠那里钉上了鞋钉。他走来的声音使我无法忍受，仿佛有人用一块烂铁在敲我寓所的窗玻璃。

我在路口的犹豫就这样被粉碎了。我转身离开路口。往右走上了宽阔的大街。我尽量使自己走得快一些，我希望那要命的鞋声会突然暴死街头。然而我前面同样存在着不少危险，我在努力摆脱后面鞋声的同时，还得及时避开前面的行人。在避开时必须注意绕过路旁的梧桐树和垃圾桶，以及突然出现的自行车。这种艰难的行走对我来说几乎夜夜如此。夜色虽然能够掩护我，可是月光和街道两旁的灯光将这种掩护瓦解得十分可怜。当我身上某个部位出现在灯光里时，我会突然地惊慌失措。尽管白天我有时也会走上这条大街，然而由于光线对街道的匀称分布，使我不会感到自己很突出。我觉得自己隐蔽在暴露之中。而夜晚显然是另一种情况，就是现在这种情况。现在我已经走过那家装饰过十五次的饭店，这时后面的鞋声已经消失，事实上这时我处于各种杂乱声响的围困之中。根据以往的经验，我知道自己马上就要走入安静了。

不久之后我来到了通往安静的街口，现在面临的问题是如何穿越脚下的大街，从而进入对面的小街。这样的穿越有时候轻而易举，有时候却会被意外阻挡。现在出现了这样的事实，两辆自行车在我要进去的街口相撞。两个人显示了两种迥然不同脱离自行车的姿态，结果却以同样的方式摔倒在地。两个人从地上爬起来以后，都发出了汽车发动似的喊叫。他们的喊叫使四周所有的人都奔跑过去。于是街口像塌方一样被挡住了。他们挤在一起真让我恶心。他们发出的声音如同一颗手榴弹在爆炸。这时候他们开始往左侧移动过去，他们移过去时很像一只大蛤蟆在爬动。我的街口总算显露出来。我是这时候穿越过去的。

现在我已经走上了通往住宅区的街道，这是一条倾斜下去的水泥路，前面有一个十字路口在路灯下一副无所事事的模样，那是两条同样狭窄的街道交错而成的。它向我展示了住宅区的安静。我在走过十字路口以后，便正式走入了住宅区。

在月光里显得十分愚蠢的楼房，用它们窗口的灯光向我暗示了无数人的存在。楼房使我充满好感。楼房似乎囚禁了所有我不喜欢的人。但是这种囚禁并不是牢不可破。我在贴近楼房行走时，有时会依稀听到里面楼梯的响声。他们的自由自在常使我心怀不满。在我走入住宅区时，无法不遇到也在行走的人，甚至还有自行车和汽车。但我最担心的是行走的人，一想到他们的鞋有可能踏在我踩过的地方，我就无法阻挡内心涌上来的痛苦。

我像往常一样在夜晚游荡于住宅区窗帘的光芒之中。我的想入非非在此刻像一只蝙蝠一样迅速飞翔。我的想象正把自己带向一个不可知的地方。我感到自己正在远离住宅区，正在进入的地方由千百万种光怪陆离的光芒组成。

然而这种情况在一九八八年五月八日的此刻却并没有如愿以偿。我的目光停留在一个布满许多弧线和圆圈的窗帘上。我并不知道停留的时间多了一些，只是开始感到自己的思绪脱离了以往的轨道，向着另一个方面如一条小路似的延伸了过去。然后我才感到一个可怕的想法已经来到近前。我发现自己绕开了目光中的窗帘，我预感到自己是在背叛窗帘。我在想这个窗帘显然代表了一个房间，而房间里应该有一个或者两个以上的人，那么人此刻在干什么？这个世俗的想法使我吓了一跳。我立刻转身离去是一种补救的办法。我走得很快，我希望自己能够迅速地离开住宅区。我不敢再抬头仰视窗帘，我担心刚才的错误会泛滥成灾。我在走过十字路口时，自己并没有发觉，那时候我只是感到内心平静了一些。我沿着有些倾斜的水泥路走上去，不久之后我已经走上宽阔的大街了。

街道在此刻显得清静多了，两旁的商店都关上了门，只有寥寥不多的几个人行走在街上。于是我才感到自己已经脱离了危险。此刻的街上铺满月光，我走在上面仿佛走在平静的河面上。

我就这样走到了那家饭店旁，这时候我听到一种声音在内心响起。声音由远而近，刚开始时很像是风中树叶的响声，后来我渐渐感到它有点像脚步声，似乎有一个人在我内心向我走来。这使我惊愕不已。在我走过饭店大约十来米以后，我已经分辨出那是一个少女的脚步声。她好像是赤脚走在我的内心里，因此脚步声显得像棉花一样柔和。我似乎隐隐约约地看到了一双粉红色的小脚丫，于是我内心像是铺满阳光一样无比温暖。我在朝前走去时，她似乎也走向与我同样的地方。当我走完这条大街，进入那条狭窄的小街时，我有了一种似乎与她并肩行走的感觉。

我是在一片恍惚里走到自己的寓所前。我拿出钥匙时，也听到她拿出钥匙的声响。然后我们同时将钥匙插入门锁，同时转动打开了门。我走入寓所，她也走入。不同的是她的一切都发生在我的内心。我将门关上时听到她的关门声，她关门的声响恍若她脱下一件衣服那么柔和。我在屋内站了一会儿,我觉得她也站在那里。她的呼吸声十分细微,使我想到自己脸上皱纹的纹路。然后我走到窗前,打开了窗户,一股微风从河面上吹进了我的寓所。我看着在月光里闪烁流去的河流。我感到她也站在窗前,我们无声地看了一会儿河流。此后我重新关上了窗户,向自己的床走去。我在床上坐了五分钟,接着脱下了外衣,先熄了灯,随后才躺到床上。我看着户外的月光穿越窗玻璃照耀进来,使我的房间布满荧荧之光。她这个时候也躺在床上,她像我一样安静。我无法准确地判断她究竟是躺在我的床上,还是躺在另一张床上。我感到自己像月光一样沉浸在夜色无边的宁静之中。我从来没有像现在那样觉得一切都充满了飘忽不定的美妙气息。

六

五月八日夜晚奇妙的内心经历,并没有随着那个夜晚一起过去。在我翌日醒来时,立刻获得一种陌生的印象。我的寓所让我感到有些不同以往,似乎增加了点什么,或者减少了一些什么。这个印象让我明白自己不再是独自一人,另一个人带着她的部分生活加入了我的生活。我并不因此表现出惊慌失措,也没有欣喜若狂。我如同接受屋外河水在流动的事实,接受她的到来。

我躺在床上的时候，觉得她已经走出了我的内心。她在我还睡着时就已经起床，她正在厨房里为我准备早饭。我全然不顾没有厨房这个事实，尽管我也明白这一点，可我无法说服自己没有厨房，因为她在厨房里。她的到来使我的寓所都改变了模样。

我觉得自己该起床了，总不能出现她将早饭准备完毕后我还在睡的局面。我起床以后先去拉开窗帘。因为我还在睡，她起床时没有拉开窗帘。这一点对一个妻子来说是最起码的。我拉窗帘时发现没有窗帘，我才发现阳光早已蜂拥进来了。我看到窗下流动的河此刻明亮无比。一些驳船在河面上行驶时也在闪闪发亮。几片青菜叶子从我窗下漂过。

我离开窗口朝厨房走去。虽然我知道没有厨房，可我还是走了过去，并且走入了厨房。由于厨房太狭窄，我擦着她的身体走到水槽旁。我似乎听到她的衣服发出中丝丝的响声。然后我开始刷牙，我刷牙时她好像说了一句话，但我没听清。我刷牙声很不礼貌地遮盖了她的说话声，因此我马上终止了刷牙。我朝她看了一眼，她也正看着我。于是我看到了她的目光，她的目光使我蓦然一惊。在此之前，她一直存在于我的恍惚里，可是现在我却非常实在地看到了她的目光。尽管我还无法准确地看到她的眼睛，但她的目光已经清晰无比地进入了我的眼睛。她的目光十分平静，并没有因为我刚才没听清她的话而恼怒。她的目光看着我，表明她在等待着我的回答或者询问。然后我转过脸去后由于惊愕，一时不知如何是好。所以她的目光随即就移开了。显然刚才那句话是无足轻重的。她的目光移开时，我似乎感觉到她脸的转动。接着她离开了厨房。

过一会儿后我也离开厨房，我来到卧室时，感觉她站在窗前。我走了过去，站在她身旁。我从旁边去看她的目光，但是没法看清。她在注视着窗下的河流。

七

多日之后的下午，我离开了自己的寓所。我决定到外面去走走，因为我的寓所开始让我感到坐立不安。

多日前那个夜晚向我走来的少女，次日向我展示的目光，使我一直完美的生活明显地出现了缺陷。她的目光整日在我房间里游荡，可我却很少能够看到这目光。这个才来不久的少女，显然好像与我一起生活了二十年似的；她很少注视我。她似乎更喜欢去注视窗下流动的河。她的目光总是飘在我的视线之外，使我很难捕捉。因此我无法阻止自己内心与日俱增的烦躁。

在多日之后这个下午来到时，我决定对她实行一种短暂的抛弃。那时候她正站在窗前，注视着那条使我仇恨满腔的河流，我朝门口走去了。我走去时整个房间都回荡着我的脚步声。我从来没有使用过如此响亮的脚步，我这样做是向她表明——我走了。我希望她会用目光来关注我。可我走到门旁回首时，她仍在看着那条河流。这无疑坚定了我抛弃她一下的想法。我打开房门走了出去，随后用比世俗的邻居还要响的声音关上了门。我并没有立刻离去，而是立刻打开了门。我觉得她依旧站在窗前没有反应。这一次的关门声与我的心情一样沮丧。我在朝前走去时听到自己的脚步声如掉在地上的枯树枝。

我走上白昼的街道时，丧失了以往的警惕。很久以来我第一次离开寓所时不再那么谨慎，我不再感到街上的行人会对我构成威胁。这时候我才真正明确，她的到来已将我原有的生活破坏到何种程度。因此我现在行走在街上时，感到自己的脚步声已经支离破碎。我的目光不再像以往那样总是试试探探，而像疯子一样肆无忌惮起来，在行人如蜘蛛网组成的目光中横冲直撞。我希望能够阻止这种目光，可我无法克服自己目光的欲望。我在朝前走去时，不放过所有迎面而来的目光。我如此充满渴望地去迎接那些目光，使我自己都惊愕不已。很多目光在我的目光中畏畏缩缩，也有一些充满敌意的目光，但我并不对此表现出一丝的犹豫。我的目光在这些挑战的目光中穿过时显得十分自如。

我感到自己扬眉吐气地走在大街上，这种行走使我充满快感。我在转弯或者穿越马路时不再表现出迟迟疑疑，而像把一颗石子扔进河水一样干脆。我不知道自己在走向何处，只是感到街上的目光稀少了。直到不再看到目光时，我才站住脚。这时候我发现自己已经来到了住宅区。

那时候我正站在一扇敞开的门近旁，我看到一个穿着黑色夹克的年轻人正与一个年老的女人交谈。女人坐在门口剥着豆子。女人说话的声音让我想起风中的一张旧报纸。我看着她，她的目光飘在我的视线之外，她也没有看着那个年轻人。她的目光在手上的豆子和前面一根电线杆之间荡来荡去，她似乎在向年轻人讲述一桩已经模糊了的往事。

在我准备离去时，出现了这样一个情况。有人在我后面发出了由三个音节组成的声音。这声音显然代表了某一个姓名。我转回脸去时，看到了一个同样年老的女人。然后两个女人用一种像是腌制过的声音交谈起来，其间的笑声如两块鱼干拍打在一起。

年轻人此刻站了起来，也许刚才女人的讲述已经结束。他的身材与我近似。他站起来后向我走来，并且看了我一眼。他的目光使我大吃一惊。他的目光正是我在厨房里刷牙时看到的目光。他从身边走了过去。

我的惊讶并没有长久地持续下去，他在向前走去时，我明白了自己接下去该干些什么。我也开始向前走去。刚才的发现使我此刻对他的跟踪不由自主。

他走过十字路口时的安静，让我亲切与熟悉。然后他沿着倾斜的水泥路走去，我看到他的双腿抬起来时，与我的腿一模一样。不一会儿他走到了街口，他站在街口迟疑了很久。我知道他是准备穿越大街，准备踏到对面的人行道上，或者向左、或者向右。他在等待机会，等待一条横过来的空隙出现。接着他突然奔跑了过去，那个时候我也奔跑了过去。我与他几乎是同时奔跑过去，因为那一条空隙是同时向我们呈现的。他奔过去时表现出来的惊慌失措，使我羞愧不已。我第一次看到自己以往无数次穿越大街时的狼狈姿态，我是从他身上看到的。

此后他表现得镇定自若了。这种镇定是我们应有的，这时候我们都踏上了人行道。他开始平静地往前走去，他的平静使我对此刻自己的走姿十分满意。他用最平凡的姿态向前走去，那正是我以往每次上街的态度。他这样走去是为了让自己消失在行人之中，他隐蔽自己的手段与我一模一样。现在没人会注意他，只有我。我看着他就如同看着自己在行走。

他的行走在一间临河的平房前终止。他从右边口袋里拿出一把金黄色的钥匙，我右边的口袋里也有一把金黄色的钥匙。他打开门走了进去。他关门时显得小心翼翼，发出的声响是我以往离开寓所时的关门声。但是我并没有走入这间临河的平房，我站在平房之外一根水泥电线杆旁。我的不知所措是从这时开始的。我现在不知道该如何安排自己。由于刚才的跟踪是不由自主，现在跟踪一旦结束，我便如一片飘离树枝的树叶，着地后不知道该干什么了。我觉得自己一直这么站着太引人注目，所以我就在附近走动起来，同时思考我该干些什么。

他这时候走了出来，手里拿了一叠白纸和一支铅笔。他关门以后向左走去，但没走几步又转弯了。他绕过一个垃圾桶，沿着河边的石阶走了下去。然后爬进了水泥桥的桥洞。他在桥洞里坐下来时显得心安理得。

我没有沿着石阶走下去，因为我的不知所措还没有结束。我在想为什么要跟踪他，这个想法持续了很久才出现答案，我是因为他的目光来到了这里。现在跟踪已经完成，他就端坐在桥洞里。接下去我该干什么？这个想法使我烦躁不安。我在水泥桥上来回走动，而我多日前在厨房里见到的目光就在下面桥洞里。我开始想象那目光在桥洞里的情景。那种让我坐立不安的目光此刻也许正凝视着一片肮脏的碎瓦，或者逗留在一根发霉的稻草上。几艘发出柴油机傻乎乎声响的驳船在河面上驶来时，那目光很可能正关注着那些滚滚黑烟。

我决定到桥洞里去。我想桥洞里坐两个人不会显得狭窄。因此我走下桥坡，又沿着石阶走下去。我在河沿上站了一会儿，他在十来米远处端坐着，他的目光正注视着手上的白纸。这情景比我刚才的想象显然好多了，然后我向他走去。

他抬起头望着我，他的目光使我有些紧张。事实上他丝毫没有一丝惊讶，他十分平静地望着我，让我感到自己不是冒昧走去，而是出于他的邀请。我爬入了桥洞，在他对面坐下。我在两三尺距离内注视着他的目光，我再次证实了与我在厨房所见的目光毫无二致。但是他的眼睛却与我感觉中少女的眼睛很不一样。他的眼睛有些狭长，而我感觉中少女的眼睛则要宽敞得多。

我告诉他：

"好几天以前的一个夜晚，一个少女来到了我的内心。她十分模糊地与我共同度过了一个晚上。次日我醒来时她并没有离去，而是让我看到了她的目光。她的目光就是你此刻望着我的目光。"

八

他听后没有表现出使我担心的那种怀疑，而让我感到他对我的话坚信不疑，他说：

"你刚才所说的，很像我十年前一桩往事的开头。"

十年前，他告诉我："也就是一九八八年五月八日。"那是一个月光明媚的夜晚，他像往常一样走在家乡的街道上。他家乡的路灯是橘黄色的，因此那个晚上月光在路灯的光线里像是纷纷扬扬的小雨。他走在和他心情一样淡泊的街道上，很久以来他一直喜欢深夜的时刻独自一人出去行走。他喜欢户外那种广阔的宁静。然而这种习以为常的行走在那个夜晚出现了意外。他无端地想起了某一个少女。那时候他正走在一座桥上，他在桥上宁静地站了一会儿，看着河水无声无息地流动。少女在脑中出现时，他正往桥下走去，因此他在走下桥坡时内心充满惊愕。他仔细观察了自己的想象，于是发现那个少女十分陌生。与他印象里寥寥不多的几个女子相比，她显然与她们迥然不同。他觉得自己无端地想起一个完全陌生的少女有些不可思议。所以他将她的出现理解成自己一时的奇想，他觉得不久之后就会将她遗忘，如同遗忘一张曾写过字的白纸一样。他开始往家中走去，少女在他的想象里与他一起行走。他没有再次惊愕，他以为不久之后她就会自动脱离他的想象。因此他打开家门后与她一起走进去时觉得很自然。他来到了自己的卧室，脱下外衣后躺到了床上。他感到她也躺在床上，所以他的嘴角显露了一丝微笑。他对自己刚才在桥上生长出来的奇想持续到现在觉得有趣。但他知道翌日醒来时，她必然已经消失。他十分平静地睡去了。

翌日清晨他醒来时，立刻感觉到了她。而且比昨夜更为清晰。他感觉她已经起床了，似乎正在厨房里。他躺在床上再度回想昨夜的经历，于是惊奇地发现：昨夜他还能够确认她是存在于想象之中。而在此刻的回想里，昨夜的经历却十分真实，仿佛确有其事。他告诉我：

"那一日清晨我走入厨房刷牙时，看到了她的目光。"

目光的出现只是开始。在此后很长一段日子里，他不仅没能将她遗忘，相反她在他的想象里越来越清晰完整。她的眼睛、鼻子、眉毛、嘴唇、耳朵、头发渐渐地和她的目光一样出现了，而且清晰无比。让他时时觉得她十分实在地站立在他面前，然而当他伸手去触摸时，却又一无所有。他用一支铅笔在白纸上试图画下她的形象。虽然他从未学过绘画，可一个月以后他准确无误地画下了她的脸。

他说：

"那是一个漂亮的少女。"

他将铅笔画贴在床前的墙上，在后来几乎所有的时间里，他都是在对画像的凝视中度过的。直到有一天父亲发现他得了眼疾，他才被迫离开那张铅笔画。

他患病期间，先后在三家医院住过。最后一家医院在上海。他们一直没有对他施行手术。直到八月十四日的下午，他才被推进了手术室。九月一日他眼睛上的纱布被取了下来。于是他知道了八月十四日上午，一个十七岁的少女因车祸被送入了这家医院，她在下午三时十六分时死于手术台上。她的眼球被取出来以后，医生给他施行了角膜移植手术。他九月三日出院以后并没有回家，他打听到死去少女的地址，来到了小城烟。

他的目光注视着河岸上的一棵柳树，他在长久的沉思之后才露出释然一笑，他说：

"我记起来了，那少女名叫杨柳。"

然而后来他并没有按照打听到的地址，去敲曲尺胡同26号的黑漆大门。计划的改变是因为他在长途汽车上遇到了一个名叫沈良的人。沈良告诉他一九四九年初国民党部队撤离小城烟时，埋下了十颗定时炸弹，以及一个名叫谭良的国民党军官的简单身世。

一九四九年四月一日，也就是小城烟解放的第二天，有五颗定时炸弹在这一天先后爆炸。解放军某连五排长与一名姓崔的炊事员死于爆炸，十三名解放军战士与二十一名小城居民（其中五名妇女，三名儿童）受重伤和轻伤。

第六颗炸弹是在一九五〇年春天爆炸的。那时候城内唯一一所学校的操场上正在开公判大会。三名恶霸死期临近。炸弹就在操场临时搭起的台下爆炸。三名恶霸与一名镇长、五名民兵一起支离破碎地飞上了天。一位名叫李金的老人至今仍能回忆起当时在一声巨响里，许多脑袋和手臂以及腿在烟雾里胡乱飞舞的情景。

第七颗炸弹是在一九六〇年爆炸的。爆炸发生在人民公园里，爆炸的时间是深夜十点多，所以没有造成人员伤亡。但是公园却从此破烂了十八年。作为控诉蒋介石国民党的罪证，爆炸后公园凄惨的模样一直保持到一九七八年才修复。

第八颗炸弹没有爆炸。那一天刚好他和沈良坐车来到小城烟。他后来站在了那座水泥桥上。那些掘河的民工在阴沉的天空下如蚂蚁般布满了河道，恍若一条重新组成的河流，然而他们的流动却显得乱七八糟。他听着从河道里散发上来的杂乱声响，他感到一种热气腾腾在四周洋溢出来。在那里面他隐约听到一种金属碰撞的声响，不久之后一个民工发出了惊慌失措的喊叫，他在向岸上奔去时由于泥泞而显得艰难无比。接下去的情形是附近的所有民工四处逃窜。他就是这样看到第八颗炸弹的。

几天以后，他在这座桥上与沈良再次相遇。沈良在非常明亮的阳光里向他走来，但他脸上的神色却让人想起一堵布满灰尘的旧墙。沈良走到他近旁，告诉他：

"我要走了。"

他无声地看着沈良。事实上在沈良向他走来时，他已经预感到他要离去了。

然后他们两个人靠着水泥栏杆站了很久。这期间沈良告诉了他上述八颗炸弹的情况。

"还有两颗没有爆炸。"沈良说。

谭良在一九四九年初，用一种变化多端的几何图形埋下了这十颗定时炸弹。沈良再次向他说明了这一点，然后补充道：

"只要再有一颗炸弹爆炸，那么第十颗炸弹的位置，就可以通过前九颗爆炸的位置判断出来。"

可是事实却是还有两颗没有爆炸，因此沈良说："即便是谭良自己，也无法判断它们此刻所在的位置了。"

沈良最后说："毕竟三十九年过去了。"

此后沈良不再说话，他站在桥上凝视着小城烟，他在离开时说他看到了像水一样飘洒下来的月光。

一九七一年九月十五日傍晚,化肥厂的锅炉突然爆炸,其响声震耳欲聋。有五位目击者说当时从远处看到锅炉飞上天后,像一只玻璃瓶一样四分五裂了。

那天晚上值班的锅炉工吴大海侥幸没被炸死。爆炸时他正蹲在不远处的厕所里,巨大的声响把他震得昏迷了过去。吴大海在一九八〇年患心脏病死去。临终的前一夜,在他的眼前重现了一九七一年锅炉爆炸的情景。因此他告诉妻子,他说先听到地下发出了爆炸声,然后锅炉飞起来爆炸了。

他告诉我:

"事实上那是一颗炸弹的爆炸,锅炉掩盖了这一真相。因此现在只剩下最后一颗炸弹没有爆炸。"

然后他又说:

"刚才我还在住宅区和一个女人谈起这件事。她就是吴大海的妻子。"

九

五月八日夜晚来到的女子,在次日上午向我显示了她的目光以后,便长久地占据了我的生活。我那并不宽敞的生活从此有两个人置身其中。

在后来的日子里,我几乎整日坐在椅子上,感觉着她在屋内来回走动。她在心情舒畅的好日子里会坐在我对面的床上，用她使我心醉神迷的目光注视我。然而更多的时候她显得很不安分。她总是喜欢在屋内来回走动，让我感到有一股深夜的风在屋内吹来吹去。我一直忍受着这种无视我存在的举动，我尽量寻找借口为她开脱。我觉得自己的房间确实狭窄了一点，我把她的不停走动理解成房间也许会变得大一些。然而我的忍气吞声并未将她感动，她似乎毫不在意我在克服内心怒火时使用了多大的力量。她的无动于衷终于激怒了我，在一个傍晚来临的时刻，我向她吼了起来：

"够了，你要走动就到街上去。"

这话无疑伤害了她，她走到了窗前。她在凝视窗下河流时，表示了她的伤心和失望。然而我同样也在失望的围困中。那时候她如果夺门而走，我想我是不会去阻拦的。那个晚上我很早就睡了，但我很晚才睡着。我想了很多，想起了以往的美妙生活，她的到来瓦解了我原有的生活。因此我对她的怒火燃烧了好几个小时。我在入睡时，她还站在窗前。我觉得翌日醒来时她也许已经离去，她最后能够制造一次永久的离去。我不会留恋或者思念。我仿佛看着一片青绿的叶子从树上掉落下来，在泥土上逐渐枯黄，最后烂掉化为尘土。她的来到和离去对我来说，就如那么一片树叶。

然而早晨我醒来时，感觉到她并未离去。她坐在床前用偶尔显露的目光注视我，我觉得她已经那么坐了一个夜晚。她的目光秀丽无比，注视着我使我觉得一切都没有发生。昨夜的怒火在此刻回想起来显得十分虚假。她从来没有那么长久地注视着我，因此我看着她的目光时不由提心吊胆，提心吊胆是害怕她会将目光移开。我躺在床上不敢动弹，我怕自己一动她会觉得屋内发生了什么，就会将目光移开。现在我需要维护这种绝对的安宁，只有这样她才不会将目光移开，这样也许会使她忘记正在注视着我。

长久的注视使我感到渐渐地看到她的眼睛了。我似乎看到她的目光就在近旁生长出来，然后她的眼睛慢慢呈现了。那时候我眼前出现一层黑色的薄雾，但我还是清晰地看到了她的眼睛，她的眼睛呈现时眉毛也渐渐显露。现在我才明白她的目光为何如此妩媚，因为她生长目光的眼睛楚楚动人。接着她的鼻子出现了，我仿佛看到一滴水珠从她鼻尖上掉落下去，于是我看到了使我激动不已的嘴唇，她的嘴唇看上去有些潮湿。有几根黑发如岸边的柳枝一样挂在她的唇角，随后她全部的黑发向我展示了。此刻她的脸已经清晰完整。我只是没有看到她的耳朵，耳朵被黑发遮住。黑发在她脸的四周十分安详，我很想伸手去触摸她的黑发，但是我不敢，我怕眼前这一切会突然消失。这时候我发现自己已流眼泪了。

从那天以后，我就不停地流眼泪。我的眼睛整日酸疼，那个时候我似乎总是觉得屋内某个角落有串青葡萄。我开始感到寓所内发生了一些变化。我的床和椅子渐渐丧失了过去坚硬的模样，它们似乎像面包一样膨胀起来。我已经有半个月没有看到夜晚月光穿越窗玻璃的美妙情景。在白天的时候，我觉得阳光显得很灰暗。有时候我会伫立到窗前去，我能听到窗下河水流动的响声，可无法看到河岸，我觉得窗下的河流已经变得十分宽阔。在我整日流泪的时候，她不再像过去那样总在屋内走来走去。她开始非常安静地待在我身边，她好像知道我的痛苦，所以整日显得忧心忡忡。

四周的景物变得逐渐模糊的时候，她却是越来越清晰。她坐在椅子上时，我似乎看到了她微微翘起的左脚，以及脚上的皮鞋。皮鞋是黑色的，里面的袜子透露出不多的白色。她穿着很长的裙子，裙子的颜色使我有些眼花缭乱，我无法仔细分辨它。但它使我想起已经十分遥远了的住宅区，很多灯光里的窗帘让我的联想回到了她的裙子上。后来，我都能够看出她的身高了，她应该有一米六五。我不知道自己怎么会得出这个结论，但我对这个结论确信无疑。

半个月以后，我的眼睛不再流泪。那天早晨醒来时，我觉得酸疼已经消失，于是一切都变得十分安详了。我感觉她在厨房里。我躺在床上看着屋外进来的阳光，阳光依然很灰暗。窗下河面上传来了单纯的橹声，使我此刻的安详出现了一些悠扬。橹声使我感到一种大病初愈后的舒畅。我感到一切波折都已经远远流去，接下去将是一片永久的安定。我知道自己过去的生活确实进行得太久了，现在已到了重新开始的时刻。于是我觉得一股新鲜的血液流入了我的血管。她就是新鲜的血液，她的到来使我看到一丛青草里开放出了一朵艳丽的花。从此以后，我的寓所将散发着两个人的气息，我知道我们的气息将是和谐完美的。

我感到她从厨房里出来了，她朝我的床走来，走来时洋溢着很多喜悦，仿佛她已经知道我眼睛的酸疼消失，而且我刚才的自言自语她也全听到。她走来并在我的床上坐下，似乎表示她完全同意我刚才的想法。她看着我是要和我共同设计一下今后的生活，她这种愿望完全正确，她这种主人翁的态度正是我所希望的。于是我就和她讨论起来。

我反复问她有什么想法。她一直没有回答，只是无声地望着我。后来我明白了她的想法也就是我的想法。我便在房间里东张西望起来。我首先注意到了自己的窗户，窗户上没有窗帘。于是我感到自己的寓所应该有窗帘了。现在的生活已经不同以往，以往我个人的生活赤裸裸。现在我与她之间应该出现一些秘密的事情，这些事应该隐蔽在窗帘后面。

我对她说："我们应该有窗帘了。"

我感到她点了点头。然后我又问："你是喜欢青草的颜色，还是鲜花的颜色？"

我感觉她喜欢青草的颜色。她的回答使我十分满意，我也喜欢那种青草的颜色。因此我立刻坐起来，告诉她我马上去买青草颜色的窗帘。她站了起来，她似乎很欣赏我这种果断的行为，我感到她满意地走向了厨房。这时我跳下了床，我穿上衣服走出寓所时，似乎经过了厨房，看到了她的背影。她的背影好像是灯光投在墙上，显得模糊不清。我悄悄地出了门，我希望能够尽快将窗帘买回来。最好在她发现我出去之前，我已经回到了寓所。

因此当我走上寓所外的小街时，我没有理由重复以往那种试试探探的行走。我想起了自行车急驶而去的情景，我觉得自己也应该那么迅速。我在眼前这条模糊不堪的街上疾步如飞，我觉得自己不时与人相撞，但这并不使我放弃已有的速度。在我走到街口时，感到一直笼罩着我的模糊突然明亮了起来。我想到寓所的窗帘挂起来后，每日清晨拉开窗帘时也许就是此刻的情形。虽然眼前呈现了一片明亮，然而依旧模糊不清，我知道自己已经走在大街上了。我听到四周嘈杂的声响像潮水一样朝我漫涌过来。尽管眼前的一切都显得隐隐约约，可我还是依稀分辨出了街道、房屋、树木、行人和车辆。此刻这一切都改变了以往的模样，它们都变得肥胖起来，而且还微微闪烁着些许含糊的亮光。我看到行人的体形都变得稀奇古怪，他们虽然分开着行走，可含糊的亮光却将他们牵涉在一起。我在他们中间穿过时，不能不小心翼翼。我无法搞清含糊的亮光究竟是什么，我怕自己会走入巨大的蜘蛛网而无力挣脱。然而我在他们中间穿过时却十分顺利，除了几次不可避免的冲撞外，我的行走始终没有中断。

不久之后，我来到了以往总是让我犹豫不决的地方。我需要穿越大街了，我要走到对面去，走上一条狭窄的小街，然后穿过一个总是安安静静的十字路口。

事实上这次穿越毫不拖泥带水，我一走到那地方就转弯了。然而在我走到大街中央时，突然发现此刻的穿越毫无意义。我明白自己又要走到住宅区去了，我告诉自己这次出来是买窗帘。我没有批评自己，而是立刻转身往回走。走到第二步时，我感到身体被一辆坚硬的汽车撞得飞了起来，接着摔在了地上。我听到体内骨头折断的清脆声响，随后感到血管里流得十分安详的鲜血一片混乱了，仿佛那里面出现了一场暴动。

十

一九八八年九月二日下午，我坐在上海一家医院病区的花坛旁，手里捏着一株青草，在阳光里看着一个脸上没有皱纹的护士向我慢慢走来。

在此之前，我正重新回想着自己那天上街买窗帘的情景。那天上午最后发生的是一起车祸，我被一辆解放牌卡车撞得人事不省，当即被送入小城烟的医院。在我身体逐渐康复时，一位来找外科医生的眼科医生发现了我的眼睛正走向危险的黑暗。她就在我的病床前向我指明了这一点。在我能够走动以后，他们把我塞进了一辆白色的救护车。我被送入了上海这家医院。八月十四日，三位眼科医生给我做了角膜移植手术。九月一日，我眼睛上的纱布被取下来，我感到四周的一切恢复了以往的清晰。

现在那个护士已经走到了我的身旁，她用青春飘荡的眼睛看着我，阳光在她的白大褂上跳跃不止。我从她身上嗅到了纱布和酒精的气味。她说：

"你为什么拿了一株青草？"

我没有回答，因为我无法理解她此话的含义。

她又说："在你近旁有那么多鲜艳的花，可你为什么喜欢一株青草？"

我告诉她："我也不知道。"

她笑了起来，她的笑声让我想起在小城烟里曾经走过的一家幼儿园。

她说："有个叫杨柳的姑娘，她已经死了。我最后一次看到她时，她就坐在你现在的位置上，手里也拿了一株青草。我这样问她，她的回答与你相同。"

由于我没有对她的话表现出足够的兴趣，所以她继续说："她的目光也和你一样。"

我与护士的交谈持续了很久。因为护士告诉了我那个名叫杨柳的十七岁少女的事。杨柳是患白血病住到这家医院的，在她即将离世而去时，我被送入了这家医院。她为我献出了自己的眼球。她是八月十四日三时多死去的，那时候我正躺在手术台上，接受角膜移植手术。

护士指着前面一幢五层大楼，告诉我："杨柳死前就住在四层靠窗口的病床上。"

她所指的窗口往下二层窗口旁的病床，就是我此刻的病床。我发现自己和杨柳躺在同样的位置里，只是中间隔了一层。

我问护士："三层靠窗的病床是谁？"

她说："不太清楚。"

护士离去以后，我继续坐在花坛旁，手里继续捏着那株青草。我心里开始想着那个名叫杨柳的姑娘，我反复想着她临死前可能出现的神态。这种想法一直左右着我，从而使我在医院收费处结账时，顺便打听了杨柳的住址。杨柳也住在小城烟，她住在曲尺胡同26号。我把杨柳的地址写在一张白纸上，放入了上衣左边的口袋。

十一

九月三日出院以后，我坐上了驶往小城烟的长途汽车。

那是一个阴沉的上午，汽车驶在上海灰暗的街道上，黑色的云层覆盖着不多的几幢高楼。车窗外的景象使我内心出现一片无聊的灰瓦屋顶。我尽量让自己明白前去的地方就是小城烟，在中午的时刻我已经摸出钥匙插入寓所的门锁了。因此我此刻坐在汽车里时，无法回避她坐在房间里椅子上的情景。我的心情如干涸的河流一样平静，我的激情已经流失了。我知道自己走入寓所时，她会从椅子上站立起来，但她表达自己情感的方式我没有想象。我会朝她点一点头，别的什么都不会发生。仿佛我并不是离去很久，只是上了一次街。而她也不是才来不久，她似乎已与我相伴了二十年。由于坐车的疲倦，我可能一进屋就躺到床上睡去了。她可能在我睡着时伫立在窗前。一切都将无声无息，我希望这种无声无息能够长久地持续下去。

汽车驶出上海以后，我看到了宽广的田野，而黑色的云层在此刻显示了它的无边无际，它们在田野上随意游荡。车窗外阴沉的颜色，使我内心很难明亮起来。

车内始终摇晃着废品碰撞般的人声。我坐在27号座位上，那是三人的车座。靠窗25号坐着一位穿着藏青色服装的老人，从他那里总飘来些许鱼腥味。中间26号坐着一个来自远方的年轻人，他身上散发出来的气息，使我眼前出现一片迎风起舞的青草。我们处于嘈杂之声的围困中。外乡人始终望着车窗外，老人则闭眼沉思。

汽车在阴沉的上午急驶而去。不久之后进入了金山，然后又驶出了金山。窗边的老人此刻睁开了眼睛，转过脸去看着26座的外乡人，外乡人的脸依旧面对车窗，我不知道他是在看外面的景色，还是看身旁的老人。

那个时候我听到老人对外乡人说：

"我叫沈良。"

老人的声音在继续下去："我是从舟山来的。"

随后他特别强调了一句："我从出生起，一直没有离开过舟山。"

此后老人不再说话。尽管不再说话，可老人始终没有放弃刚才交谈的姿态。过了约莫四十分钟，那时候汽车已经接近小城烟了，老人才又说起来。老人此刻的声音与刚才的声音似乎很不相同。

他此刻告诉外乡人的，是一桩几十年前的旧事——一九四九年初，一个名叫谭良的国民党军官，指挥工兵排在小城烟埋下了十颗定时炸弹。

老人的叙述如一条自由延伸的公路那么漫长，他的声音在那桩漫长的往事里慢慢走去。直到小城烟在车窗里隐约可见时，他才蓦然终止无尽的叙述。他的目光转向了窗外。

汽车驶进了小城烟的车站。我们三个人是最后走出车站的旅客。那时候车站外站着几个接站的人。有两个男人在抽烟，一个女人正与一个骑车过去的男人打招呼。我们一起走出了车站，我们大约共同走了二十来米远，这时老人站住了脚。他站在那里十分古怪地看起了小城。我和外乡人继续往前走，后来外乡人向一个站在路旁像是等人的年轻女子打听什么，于是我就一个人往前走去。

十二

很久以后，当我重新回想一九八八年五月八日夜晚开始的往事时，那少女的形象便会栩栩如生地来到眼前。当初所有的情景，在后来的回想里显得十分真实。以至使我越来越相信自己生活里确曾出现过一位少女，而不是在想象中出现。同时我也清晰地意识到这些都发生在过去，现在我仍然一无所有。我又恢复了更早些时候的生活。我几乎天天夜晚到住宅区去沐浴窗帘之光。略有不同的是，我在白昼也会大胆地游荡在众人所有的街道上。那时候我已不感到别人向我微笑时的危险，况且也没人向我微笑。

在我微薄的记忆里，有关少女的片断，只是从五月八日开始到那次不幸的车祸。车祸以后的情节，在我后来的回忆里化成了几个没有月光的黑夜。我现在走在街道上的心情，很像一个亡妻的男人的心情。随着时间流逝，我开始相信曾经有过的那位妻子，在很久以前死去了。

后来有一天，我十分偶然地看到了一张泛黄的纸。纸上写着：杨柳，曲尺胡同26号。

那天我坐在写字台旁的椅子上，完全是由于无法解释的理由，我打开了多年来不曾翻弄过的抽屉，我从里面看到了这张纸。

纸上写着的字向我暗示了一桩模糊了的往事，我陷入了一片空洞的沉思。我的眼睛注视着窗外的阳光。我把此刻的阳光和残留在记忆里的所有阳光都联结起来。其结果使我注意到了一个鲜艳的花坛旁的阳光。一个护士在那次阳光里向我走来，她的嘴唇在阳光里活动时很美妙。她告诉了我一个名叫杨柳的少女的某些事情。这张纸所暗示的含义，在此刻已经完全清晰了。

这张泛黄的纸在此刻出现，显然是为了提示我。多年前我在上海那家医院收费处写下这些字时，并不知道自己内心的想法，完全是机械的行为。直到现在，它的出现使我明白了自己当初的举动。因此在我离开此刻寓所窗前的阳光，进入街道上的阳光时，我十分清楚自己走向何处。

曲尺胡同26号的黑漆大门已经斑斑驳驳。我敲响大门时，听到了油漆震落下去的简单声响。这种声响断断续续持续了好一会儿，才从里面传来犹豫的脚步声。大门发出了一声衰老的长音后，一个五十多岁的男人站在了我的面前。他看到我时脸上流露了吃惊的神色。

我为自己的冒昧羞愧不已。

然而他却说："进来吧。"

他好像早就认识我了，只是没有料到此刻我会如此出现。

我问他："你是杨柳的父亲？"

他没有直接回答，而是说："进来吧。"

我随他进了门，我们走过一个长满青苔的天井后，进入了朝南的厢房。厢房里摆着几把老式的椅子，我选择了靠窗的椅子坐下，坐下时感到很潮湿。他现在以相识很久的目光看着我。那是一个十分平静的男人，刚才开门时他已经显示了这一点。他的平静有助于我准确地表达自己的来意。

我说："你女儿——"我努力回想起当初在花坛旁护士活动的嘴唇，然后我继续说："你女儿在一九八八年八月十四日死去的？"

他说："是的。"

"那时候我正躺在上海那家医院的手术台上，和你女儿死去的同一家医院。"

我这样告诉他。我希望他的平静能够再保持五分钟，那么我就可以从车祸说起，说到他女儿临终前献出眼球，以及我那次成功的角膜移植手术。

然而他却没有让我说下去，他说，"我女儿没有去过上海，她一生十七年里，一次都没有去过上海。"

我无法掩盖此刻的迷惑，我知道自己望着他的目光里充满了怀疑。

他仍然平静地看着我，接着说："但她确实是一九八八年八月十四日死去的。"

那个炎热的中午使我难以忘记，他和杨柳坐在天井里吃完了午饭。杨柳告诉他：

"我很疲倦。"

他看到女儿的脸色有些苍白，便让她去睡一会儿。

女儿神思恍惚地站了起来，摇摇晃晃地走向卧室。事实上她神思恍惚已经由来已久，所以当初女儿摇晃走去时他并没有特别在意，只是内心有些疼爱。

杨柳走入卧室以后，隔着窗户对他说：

"三点半叫醒我。"

他答应了一声，接着似乎听到女儿自言自语道：

"我怕睡下去以后会醒不过来。"

他没有重视这句话。直到后来，他重新想起女儿一生里与他说的最后这句话时，才开始感到此话暗示了什么。女儿的声音在当初的时候就已经显得虚无缥缈。

那个中午他没有午睡，他一直坐在天井里看报纸。在三点半来到的时候，他进入了她的卧室，那时她刚刚死去不久。

他用手指着我对面的一个房间，说："杨柳就死在这间卧室里。"

我无法不相信这一点。一个丧失女儿的父亲不会在这一点上随便与人开玩笑。我这样认为。

他沉默了良久后问我："你想去看看杨柳的卧室吗？"

他这话使我吃了一惊，但我还是表示自己有这样的愿望。

然后我们一起走入了杨柳的卧室。她的卧室很灰暗，我看到那种青草颜色的窗帘紧闭着。他拉亮了电灯。

我看到床前有两只镜框。一只里面是一张彩色相片，一个少女的头像。另一只里是一个年轻男子的铅笔画。我走到彩色相片旁，我蓦然发现这个少女就是多年前五月八日来到我内心的少女。我长久地注视着这位彩色的少女。多年前我在寓所里她显露自己形象的情景，和此刻的情景重叠在一起。于是我再次感到自己的往事十分真实。

这时候他问："你看到我女儿的目光吗？"

我点了点头。我看到了自己死去妻子的眼睛。

他又问："你不感到她的目光和你的很像？"

我没有听清这句话。

于是他似乎有些歉意地说："相片上的目光可能是模糊了一些。"

然后他似乎是为了弥补一下，便指着那张铅笔画像告诉我：

"很久以前了，那时候杨柳还活着。有一天她突然想到一个完全陌生的男子，这个男子她以前从未见过。可是在后来，他却越来越清晰地出现在她的想象里，她就用铅笔画下了他的像。"

他有关铅笔画的讲述，使我感到与自己的往事十分接近。因此我的目光立刻离开彩色的少女，停留在铅笔画上。可我看到的并不是自己，而是一个完全陌生的男人。

他在送我出门时，告诉我："事实上，我早就注意你了，你住在一间临河的平房里。你的目光和我女儿的目光完全一样。"

十三

离开曲尺胡同26号以后，我突然感到自己刚才的经历似乎是一桩遥远的往事。那个五十多岁男人的声音在此刻回想起来也恍若隔世。因此在我离开彩色少女时，并没有表现出激动不已。刚才的一切好像是一桩往事的重复，如同我坐在寓所的窗前，回忆五月八日夜晚的情景一样。不同的是增加了一扇黑漆斑驳的大门，一个五十多岁的男人和两只镜框。我的妻子在一九八八年八月十四日死去了，我心里重复着这句陈旧的话语往前走去。

我走上河边的街道时，注意到一个迎面走来的年轻男子。他穿着的黑色夹克，在阳光里有一种古怪鲜艳。我不知道自己为何如此关注他。我看着他走入了一间临河的平房，不久之后又走了出来。他手里拿着一支铅笔和一叠白纸，沿着河岸的石阶走下去，走入了桥洞。

由于某种我自己都无法解释的理由，我也走下了河岸。那时候他已经坐在桥洞里了。他看着我走去，他没有表示丝毫的反对，因此我就走入了桥洞。他拿开几张放在地上的白纸。我就在那地方坐下。我看到那几张白纸上都画满了错综复杂的线条。

我们的交谈是一分钟以后开始的。那时他也许知道我能够安静地听完他冗长的讲述，所以他就说了。

"一九四九年初，一个名叫谭良的国民党军官，用一种变化多端的几何图形，在小城烟埋下了十颗定时炸弹。"

他的讲述从一九四九年起一直延伸到现在。其间有九颗炸弹先后爆炸。他告诉我：

"还有最后一颗炸弹没有爆炸。"

他拿起那几张白纸，继续说："这颗炸弹此刻埋在十个地方。"

"第一个地方是现在影剧院九排三座下面。"他说，"那个座位有些破了，里面的弹簧已经显露出来。"下面九个地方分别是：银行大门的中央、通往住宅区的十字路口、货运码头的吊车旁、医院太平间（他认为这颗炸弹最没有意思）、百货商店门口第二棵梧桐树、机械厂宿舍楼102室的厨房里、汽车站外十六米处的公路下、曲尺胡同57号门前、工会俱乐部舞厅右侧第五扇窗下。

在他冗长的讲述完成以后，我问他：

"这么说在小城里有十颗炸弹？"

"是的。"他点点头，"而且它们随时都会爆炸。"

现在我终于明白自己刚才为何会如此关注他，由于那种关注才使我此刻坐在了这里。因他使我想起杨柳卧室里的铅笔画，画像上的人现在就坐在我对面。

一九八九年二月十四日

附　录

虚伪的作品

现在我似乎比以往任何时候都更明白自己为何写作，我的所有努力都是为了更加接近真实。因此在一九八六年底写完《十八岁出门远行》后的兴奋，不是没有道理。那时候我感到这篇小说十分真实，同时我也意识到其形式的虚伪。所谓的虚伪，是针对人们被日常生活围困的经验而言。这种经验使人们沦陷在缺乏想象的环境里，使人们对事物的判断总是实事求是地进行着。当有一天某个人说他在夜间看到书桌在屋内走动时，这种说法便使人感到不可思议和难以置信。也不知从何时起，这种经验只对实际的事物负责，它越来越疏远精神的本质。于是真实的含义被曲解也就在所难免。由于长久以来过于科学地理解真实，真实似乎只对早餐这类事物有意义，而对深夜月光下某个人叙述的死人复活故事，真实在翌日清晨对它的回避总是毫不犹豫。因此我们的文学只能在缺乏想象的茅屋里度日如年。在有人以要求新闻记者眼中的真实，来要求作家眼中的真实时，人们的广泛拥护也就理所当然了。而我们也因此无法期待文学会出现奇迹。

一九八九年元旦的第二天，安详的史铁生坐在床上向我揭示这样一个真理：在瓶盖拧紧的药瓶里，药片是否会自动跳出来？他向我指出了经验的可怕，因为我们无法相信不揭开瓶盖药片就会出来，我们的悲剧在于无法相信。如果我们确信无疑地认为瓶盖拧紧药片也会跳出来，那么也许就会出现奇迹。可因为我们无法相信，奇迹也就无法呈现。

在一九八六年写完《十八岁出门远行》之后，我隐约预感到一种全新的写作态度即将确立。艾萨克·辛格在初学写作之时，他的哥哥这样教导他："事实是从来不会陈旧过时的，而看法却总是会陈旧过时。"当我们抛弃对事实做出结论的企图，那么已有的经验就不再牢不可破。我们开始发现自身的肤浅来自经验的局限。这时候我们对真实的理解也就更为接近真实了。当我们就事论事地描述某一事件时，我们往往只能获得事件的外貌，而其内在的广阔含义则昏睡不醒。这种就事论事的写作态度窒息了作家应有的才华，使我们的世界充满了房屋、街道这类实在的事物，我们无法明白有关世界的语言和结构。我们的想象力会在一只茶杯面前忍气吞声。

有关二十世纪文学评价的普遍标准，一直以来我都难以接受。把它归结为后工业时期人的危机的产物似乎过于简单。我个人认为二十世纪文学的成就主要在于文学的想象力重新获得自由。十九世纪文学经过了辉煌的长途跋涉之后，却把文学的想象力送上了医院的病床。

当我发现以往那种就事论事的写作态度只能导致表面的真实以后，我就必须去寻找新的表达方式。寻找的结果使我不再忠诚所描绘事物的形态，我开始使用一种虚伪的形式。这种形式背离了现状世界提供给我的秩序和逻辑，然而却使我自由地接近了真实。

罗布-格里耶认为文学的不断改变主要在于真实性概念在不断改变。十九世纪文学造就出来的读者有其共同的特点，那就是世界对他们而言已经完成和固定下来。他们在各种已经得出的答案里安全地完成阅读行为，他们沉浸在不断被重复的事件的陈旧冒险里。他们拒绝新的冒险，因为他们怀疑新的冒险是否值得。对于他们来说，一条街道意味着交通、行走这类大众的概念。而街道上的泥迹，他们也会立刻赋予"不干净""没有清扫"之类固定想法。

文学所表达的仅仅只是一些大众的经验时，其自身的革命便无法避免。任何新的经验一旦时过境迁就将衰老，而这衰老的经验却成了真理，并且被严密地保护起来。在各种陈旧经验堆积如山的中国当代文学里，其自身的革命也就困难重重。

当我们放弃"没有清扫""不干净"这些想法，而去关注泥迹可能显示的意义，那种意义显然是不确定和不可捉摸的，有关它的答案像天空的颜色一样随意变化，那么我们也许能够获得纯粹个人的新鲜经验。

普鲁斯特在《复得的时间》里这样写道："只有通过钟声才能意识到中午的康勃雷，通过供暖装置所发出的哼声才意识到清早的堂西埃尔。"康勃雷和堂西埃尔是两个地名。在这里，钟声和供暖装置的意义已不再是大众的概念，已经离开大众走向个人。

一次偶然的机会，使我在某个问题上进行了长驱直入的思索，那时候我明显地感到自己脱离常识过程时的快乐。我选用"偶然的机会"，是因为我无法确定促使我思想新鲜起来的各种因素。我承认自己所有的思考都从常识出发，一九八六年以前的所有思考都只是在无数常识之间游荡，我使用的是被大众肯定的思维方式，但是那一年的某一个思考突然脱离了常识的围困。

那个脱离一般常识的思考，就是此文一直重复出现的真实性概念。有关真实的思考进行了两年多以后还将继续下去，我知道自己已经丧失了结束这种思考的能力。因此此刻我所要表达的只是这个思考的历程，而不是提供固定的答案。

任何新的发现都是从对旧事物的怀疑开始的。人类文明为我们提供了一整套秩序，我们置身其中是否感到安全？对安全的责问是怀疑的开始。人在文明秩序里的成长和生活是按照规定进行着。秩序对人的规定显然是为了维护人的正常与安全，然而秩序是否牢不可破？事实证明庞大的秩序在意外面前总是束手无策。城市的十字路口说明了这一点。十字路口的红绿灯，以及将街道切割成机动车道、自行车道、人行道，而且来与去各在大路的两端。所有这些代表了文明的秩序，这秩序的建立是为了杜绝车祸，可是车祸经常在十字路口出现，于是秩序经常全面崩溃。交通阻塞以后几百辆车将组成一个混乱的场面。这场面告诉我们，秩序总是要遭受混乱的捉弄。因此我们置身文明秩序中的安全也就不再真实可信。

我在一九八六年、一九八七年里写《一九八六年》《河边的错误》《现实一种》时，总是无法回避现实世界给予我的混乱。那一段时间就像一位批评家所说的"余华好像迷上了暴力"。确实如此，暴力因为其形式充满激情，它的力量源自人内心的渴望，所以它使我心醉神迷。让奴隶们互相残杀，奴隶主坐在一旁观看的情景已被现代文明驱逐到历史中去了。可是那种形式总让我感到是一出现代主义的悲剧。人类文明的递进，让我们明白了这种野蛮的行为是如何威胁着我们的生存。然而拳击运动取而代之，在这里我们可以看到文明对野蛮的悄悄让步。即便是南方的斗蟋蟀，也可以让我们意识到暴力是如何深入人心。在暴力和混乱面前，文明只是一个口号，秩序成了装饰。

我曾和李陀讨论过叙述语言和思维方式的问题。李陀说："首先出现的是叙述语言，然后引出思维方式。"

我的个人写作经历证实了李陀的话。当我写完《十八岁出门远行》后，我从叙述语言里开始感受到自己从未有过的思维方式。这种思维方式一直往前行走，使我写出了《一九八六年》《现实一种》等作品，然而在一九八八年春天写作《世事如烟》时，我并没有清晰地意识到新的变化在悄悄进行。直到整个叙述语言方式确立后，才开始明确自己的思维运动出现了新的前景。而在此之前，也就是写完《现实一种》时，我以为从《十八岁出门远行》延伸出来的思维方式已经成熟和固定下来。我当时给朱伟写信说道："我已经找到了今后的创作的基本方法。"

事实上到《现实一种》为止，我有关真实的思考只是对常识的怀疑。也就是说，当我不再相信有关现实生活的常识时，这种怀疑便导致我对另一部分现实的重视，从而直接诱发了我有关混乱和暴力的极端化想法。

在我心情开始趋向平静的时候，我便尽量公正地去审视现实。然而，我开始意识到生活是不真实的，生活事实上是真假杂乱和鱼目混珠。这样的认识是基于生活对于任何一个人都无法客观。生活只有脱离我们的意志独立存在时，它的真实才切实可信。而人的意志一旦投入生活，诚然生活中某些事实可以让人明白一些什么，但上当受骗的可能也同时呈现了。几乎所有的人都曾发出过这样的感叹：生活欺骗了我。因此，对于任何个体来说，真实存在的只能是他的精神。

当我认为生活是不真实的，只有人的精神才是真实时，难免会遇到这样的理解：我在逃离现实生活。汉语里的"逃离"暗示了某种惊慌失措。另一种理解是上述理解的深入，即我是属于强调自我对世界的感知。我承认这个说法的合理之处，但我此刻想强调的是：自我对世界的感知其终极目的便是消失自我。人只有进入广阔的精神领域才能真正体会世界的无边无际。我并不否认人可以在日常生活里消解自我，那时候人的自我将融化在大众里，融化在常识里。这种自我消解所得到的很可能是个性的丧失。

在人的精神世界里，一切常识提供的价值都开始摇摇欲坠，一切旧有的事物都将获得新的意义。在那里，时间固有的意义被取消。十年前的往事可以排列在五年前的往事之后，然后再引出六年前的往事。同样这三件往事，在另一种环境时间里再度回想时，它们又将重新组合，从而展示其新的含义。时间的顺序在一片宁静里随意变化。生与死的界线也开始模糊不清，对于在现实中死去的人，只要记住他们，他们便依然活着。另一些人尽管继续活在现实中，可是对他们的遗忘也就意味着他们已经死亡。而欲望和美感、爱与恨、真与善在精神里都像床和椅子一样实在，它们都具有限定的轮廓，坚实的形体和常识所理解的现实性。我们的目光可以望到它们，我们的手可以触摸它们。

对于一九八九年开始写作或者还在写作的人来说，小说已不是首创的形式，它作为一种传统为我们继承。我这里所指的传统，并不只针对狄德罗，或者十九世纪的巴尔扎克、狄更斯，也包括活到二十世纪的卡夫卡、乔伊斯，同样也没有排斥罗布-格里耶、福克纳和川端康成。对于我们来说，无论是旧小说，还是新小说，都已经成为传统。因此我们无法回避这样的问题，即我们为何写作？我们所有的努力都是为了什么？我现在所能回答的只能是——我所有的努力都是为了使这种传统更为接近现代，也就是说使小说这个过去的形式更为接近现在。

这种接近现在的努力将具体体现在叙述方式、语言和结构、时间和人物的处理上，就是如何寻求最为真实的表现形式。

当我越来越接近三十岁的时候（这个年龄在老人的回顾里具有少年的形象，然而在于我却预示着与日俱增的回想），在我规范的日常生活里，每日都有多次的事与物触发我回首过去，而我过去的经验为这样的回想提供了足够事例。我开始意识到那些即将来到的事物，其实是为了打开我的过去之门。因此现实时间里的从过去走向将来便丧失了其内在的说服力。似乎可以这样认为，时间将来只是时间过去的表象。如果我此刻反过来认为时间过去只是时间将来的表象时，确立的可能也同样存在。我完全有理由认为过去的经验是为将来的事物存在的，因为过去的经验只有通过将来事物的指引才会出现新的意义。

拥有上述前提以后，我开始面对现在了。事实上我们真实拥有的只有现在，过去和将来只是现在的两种表现形式。我的所有创作都是针对现在成立的，虽然我叙述的所有事件都作为过去的状态出现，可是叙述进程只能在现在的层面上进行。在这个意义上说，一切回忆与预测都是现在的内容，因此现在的实际意义远比常识的理解要来得复杂。由于过去的经验和将来的事物同时存在现在之中，所以现在往往是无法确定和变幻莫测的。

阴沉的天空具有难得的宁静，它有助于我舒展自己的回忆。当我开始回忆多年前某桩往事，并涉及与那桩往事有关的阳光时，我便知道自己叙述中需要的阳光应该是怎样的阳光了。正是这种在阴沉的天空里显示出来的过去的阳光，便是叙述中现在的阳光。

在叙述与叙述对象之间存在的第三者（阴沉的天空），可以有效地回避表层现实的局限，也就是说可以从单调的此刻进入广阔复杂的现在层面。这种现在的阳光，事实上是叙述者经验里所有阳光的汇集。因此叙述者可以不受束缚地寻找最为真实的阳光。

我喜欢这样一种叙述态度，通俗的说法便是将别人的事告诉别人。而努力躲避另一种叙述态度，即将自己的事告诉别人。即便是我个人的事，一旦进入叙述我也将其转化为别人的事。我寻找的是无我的叙述方式，在这个意义上，我同意这样的观点：作家与作品之间有一个叙述者的存在。在叙述过程中，个人经验转换的最简便有效的方法就是，尽可能回避直接的表述，让阴沉的天空来展示阳光。

我在前文确立的现在，某种意义上说是针对个人精神成立的，它越出了常识规定的范围。换句话说，它不具备常识应有的现存答案和确定的含义。因此面对现在的语言，只能是一种不确定的语言。

日常语言是消解了个性的大众化语言，一个句式可以唤起所有不同人的相同理解。那是一种确定了的语言，这种语言向我们提供了一个无数次被重复的世界，它强行规定了事物的轮廓和形态。因此当一个作家感到世界像一把椅子那样明白易懂时，他提倡语言应该大众化也就理直气壮了。这种语言的句式像一个紧接一个的路标，总是具有明确的指向。

所谓不确定的语言，并不是面对世界的无可奈何，也不是不知所措之后的含糊其词。事实上它是为了寻求最为真实可信的表达。因为世界并非一目了然，面对事物的纷繁复杂，语言感到无力时时做出终极判断。为了表达的真实，语言只能冲破常识，寻求一种能够同时呈现多种可能，同时呈现几个层面，并且在语法上能够并置、错位、颠倒、不受语法固有序列束缚的表达方式。

当内心涌上一股情感，如果能够正确理解这股情感，也许就会发现那些痛苦、害怕、喜悦等确定字眼，并非内心情感的真实表达，它们只是一种简单的归纳。要是使用不确定的叙述语言来表达这样的情感状态，显然要比大众化的确定语言来得客观真实。

我这样说并非全部排斥语言的路标作用，因为事物并非任何时候都是纷繁复杂，它也有简单明了的时候。同时我也不想掩饰自己在使用语言时常常力不从心。痛苦、害怕等确定语词我们谁也无法永久逃避。我强调语言的不确定，只是为了尽可能真实地表达。

我所指的不确定的叙述语言，和确定的大众语言之间最根本的区别在于：前者强调对世界的感知，而后者则是判断。

我在前文已经说过，大众语言向我们提供了一个无数次被重复的世界。因此我寻找新语言的企图，是为了向朋友和读者展示一个不曾被重复的世界。

世界对于我，在各个阶段都只能作为有限的整体出现。所以在我某个阶段对世界的理解，只是对某个有限的整体的理解，而不是世界的全部。这种理解事实上就是结构。

从《十八岁出门远行》到《现实一种》时期的作品，其结构大体是对事实框架的模仿，情节段之间的关系基本上是递进、连接的关系，它们之间具有某种现实的必然性。但是那时期作品体现我有关世界结构的一个重要标志，便是对常理的破坏。简单的说法是，常理认为不可能的，在我作品里是坚实的事实；而常理认为可能的，在我那里无法出现。导致这种破坏的原因首先是对常理的怀疑。很多事实已经表明，常理并非像它自我标榜的那样，总是真理在握。我感到世界有其自身的规律，世界并非总在常理推断之中。我这样做同时也是为了告诉别人：事实的价值并不只是局限于事实本身，任何一个事实一旦进入作品都可能象征一个世界。

当我写作《世事如烟》时，其结构已经放弃了对事实框架的模仿。表面上看为了表现更多的事实，使其世界能够尽可能呈现纷繁的状态，我采用了并置、错位的结构方式。但实质上，我有关世界结构的思考已经确立，并开始脱离现状世界提供的现实依据。我发现了世界里一个无法眼见的整体的存在，在这个整体里，世界自身的规律也开始清晰起来。

那个时期，当我每次行走在大街上，看着车辆和行人运动时，我都会突然感到这运动透视着不由自主。我感到眼前的一切都像是事先已经安排好，在某种隐藏的力量指使下展开其运动。所有的一切（行人、车辆、街道、房屋、树木），都仿佛是舞台上的道具，世界自身的规律左右着它们，如同事先已经确定了的剧情。这个思考让我意识到，现状世界出现的一切偶然因素，都有着必然的前提。因此，当我在作品中展现事实时，必然因素已不再统治我，偶然的因素则异常地活跃起来。

与此同时，我开始重新思考世界里的一切关系：人与人、人与现实、房屋与街道、树木与河流等等。这些关系如一张错综复杂的网。

　　那时候我与朋友交谈时，常常会不禁自问：交谈是否呈现了我与这位朋友的真正关系？无可非议这种关系是表面的，暂时的。那么永久的关系是什么？于是我发现了世界赋予人与自然的命运。人的命运，房屋、街道、树木、河流的命运。世界自身的规律便体现在这命运之中，世界里那不可捉摸的一部分开始显露其光辉。我有关世界的结构开始重新确立，而《世事如烟》的结构也就这样产生，在《世事如烟》里，人与人，人与物，物与物，情节与情节，细节与细节的连接都显得若即若离，时隐时现。我感到这样能够体现命运的力量，即世界自身的规律。

　　现在我有必要说明的是：有关世界的结构并非只有唯一。因此在《世事如烟》之后，我的继续寻找将继续有意义。当我寻找得深入，或者说角度一旦改变，我开始发现时间作为世界的另一种结构出现了。

　　世界是所发生的一切，这所发生的一切的框架便是时间。因此时间代表了一个过去的完整世界。当然这里的时间已经不再是现实意义上的时间，它没有固定的顺序关系。它应该是纷繁复杂的过去世界的随意性很强的规律。

　　当我们把这个过去世界的一些事实，通过时间的重新排列，如果能够同时排列出几种新的顺序关系（这是不成问题的），那么就将出现几种不同的新意义。这样的排列显然是由记忆来完成的，因此我将这种排列称为记忆的逻辑。所以说，时间的意义在于它随时都可以重新结构世界，也就是说世界在时间的每一次重新结构之后，都将出现新的姿态。

事实上，传统叙述里的插叙、倒叙，已经开始了对小说时间的探索。遗憾的是这种探索始终是现实时间意义上的探索。由于这样的探索无法了解到时间的真正意义，就是说无法了解时间其实是有关世界的结构，所以它的停滞不前将是命中注定的。

在我开始以时间作为结构，来写作《此文献给少女杨柳》时，我感受到闯入一个全新世界的极大快乐。我在尝试地使用时间分裂、时间重叠、时间错位等方法以后，收获到的喜悦出乎预料。

两年以来，一些读过我作品的读者经常这样问我：你为什么不写写我们？我的回答是：我已经写了你们。

他们所关心的是我没有写从事他们那类职业的人物，而并不是作为人我是否已经写到他们了。所以我还得耐心地向他们解释：职业只是人物身上的外衣，并不重要。

事实上我不仅对职业缺乏兴趣，就是对那种竭力塑造人物性格的做法也感到不可思议和难以理解。我实在看不出那些所谓性格鲜明的人物身上有多少艺术价值。那些具有所谓性格的人物几乎都可以用一些抽象的常用语词来概括，即开朗、狡猾、厚道、忧郁等等。显而易见，性格关心的是人的外表而并非内心，而且经常粗暴地干涉作家试图进一步深入人的复杂层面的努力。因此我更关心的是人物的欲望，欲望比性格更能代表一个人的存在价值。

另一方面，我并不认为人物在作品中享有的地位，比河流、阳光、树叶、街道和房屋来得重要。我认为人物和河流、阳光等一样，在作品中都只是道具而已。河流以流动的方式来展示其欲望，房屋则在静默中显露欲望的存在。人物与河流、阳光、街道、房屋等各种道具在作品中组合一体又相互作用，从而展现出完整的欲望。这种欲望便是象征的存在。

因此小说传达给我们的，不只是栩栩如生或者激动人心之类的价值。它应该是象征的存在。而象征并不是从某个人物或者某条河流那里显示。一部真正的小说应该无处不洋溢着象征，即我们寓居世界方式的象征，我们理解世界并且与世界打交道的方式的象征。

一九八九年六月

后　记

　　三四年前，我写过一篇题为《虚伪的作品》的文章，发表在一九八九年的《上海文论》上。这是一篇具有宣言倾向的创作谈，与我前几年的写作行为紧密相关。文章中的诸多观点显示了我当初的自信与叛逆的欢乐，当初我感到自己已经洞察到艺术永恒之所在，我在表达思考时毫不犹豫。现在重读时，我依然感到没有理由去反对这个更为年轻的我，《虚伪的作品》对我的写作依然有效。

　　这篇文章始终没有脱离这样一个前提，那就是所有的观点都只针对我自己的写作，不涉及另外任何人。

　　几年后的今天，我开始相信，一个作家的不稳定性比他任何尖锐的观点更为重要。一成不变的作家只会快速奔向坟墓，我们面对的是一个捉摸不定与喜新厌旧的时代，事实让我们看到一个严格遵循自己理论写作的作家是多么可怕，而作家源源不断的生命力在于经常地朝三暮四。为什么几年前我们热衷的话题，现在已经无人顾及。是时代在变？还是我们在变？这是一个难以解答的问题，却说明了固定与封闭的事物是不存在的。作家的不稳定性取决于他的智慧与敏锐的程度。作家是否能够使自己始终置身于发现之中，这是最重要的。

怀疑主义者告诉我们：任何一个命题的对立面，都存在着另外一个命题。这句话解释了那些优秀的作家为何经常自己反对自己。作家不是神甫，单一的解释与理论只会窒息他们，作家的信仰是没有仪式的，他们的职责不是布道，而是发现，去发现一切可以使语言生辉的事物。无论是健康美丽的肌肤，还是溃烂的伤口，在作家那里都应当引起同样的激动。

所以我现在宁愿相信自己是无知的，实际上事实也是如此。任何知识说穿了都只是强调，只是某一立场和某一角度的强调。事物总是存在两个以上的说法，不同的说法都标榜自己掌握了世界真实。可真实永远都是一位处女，所有的观点到头来都只是自鸣得意的手淫。

对创作而言，不存在绝对的真理，存在的只是事实。比如艺术家与匠人的区别。匠人是为利益和大众的需求而创作，艺术家是为虚无而创作。艺术家在任何一个时代都只能是少数派，而且往往是那个时代的笑柄，虽然在下一个时代里，他们或许会成为前一时代的唯一代表，但他们仍然不是为未来而创作的。对于匠人来说，他们也同样拥有未来。所以我说艺术家是为虚无而创作的，因为他们是这个世界上仅存的无知者，他们唯一可以真实感受的是来自精神的力量，就像是来自夜空和死亡的力量。在他们的肉体腐烂之前，是没有人会去告诉他们，他们的创作给这个世界带来了什么。匠人就完全不一样了，他们每一分钟都知道自己从实际中获得了什么，他们在临死之前可以准确地计算出自己有多少成果。而艺术家只能来自无知，又回到无知之中。

一九九二年八月六日

给塞缪尔·费舍尔讲故事

"我是一个渔夫。"塞缪尔·费舍尔说,"余先生,请你给我讲讲中国的捕鱼故事。"

这时候我们坐在巴德伊舍的河边,仰望河流对面静止的房屋和房屋后面波动的山脉。夏日午后的阳光从山脉那边照射过来,来到我们这里时,阳光全部给了我的这一边,塞缪尔·费舍尔那边一丝阳光也没有,他坐在完全的阴影里。我们中间的小圆桌上呈现出一道明暗分隔线,我这边是金黄色的,塞缪尔·费舍尔那边是灰蓝色的。

我说:"费舍尔先生,我感到我们像是两张放在一起的照片,一张是彩色照片,一张是黑白照片。"

他点点头说:"我也感受到了,你在彩色里,我在黑白里。"

我用防晒霜涂抹了脸部,然后递给他,他摆摆手表示不需要。我看看他坐在宁静的灰蓝色里,心想他确实不需要。我戴上墨镜，向着太阳方向眺望，发现蓝色的天空里没有一丝白云。根本就没有云层遮挡阳光，为何我们这里却是明暗之分？我喃喃自语："真是奇怪。"

塞缪尔·费舍尔洞察到了我的想法，他淡然一笑："余先生，你还年轻，到了我这把年纪，什么奇怪都不会有了。"

"我不年轻了。"我说。

塞缪尔·费舍尔轻轻地摇晃了一下手指说："我在你这个年纪时，易卜生和豪普特曼正在我的耳朵边吵架。"

"费舍尔先生，"我说，"如果你不介意，能告诉我你的年龄吗？"

"不记得了。"塞缪尔·费舍尔说，"就是150岁生日那天的事，我也忘记了。"

"可是你记得S. Fisher出版了我的书？"我说。

"这是不久以前的事，所以我记得。"塞缪尔·费舍尔继续说，"不过，我忘记了是巴尔梅斯，还是库布斯基告诉我的。抱歉的是，我没有读过你的书。"

"没关系。"我说，"巴尔梅斯和库布斯基读过。"

"给我讲讲你捕鱼的故事吧。"塞缪尔·费舍尔说。

我说："我做过五年的牙医，可以给你讲几个拔牙的故事。"

"不，谢谢！"塞缪尔·费舍尔说，"你一说拔牙，我就牙疼。或许巴尔梅斯和库布斯基会喜欢，可我喜欢听捕鱼的故事。"

"或许，"我接过他的话说，"托马斯·曼和卡夫卡他们可以给你讲讲捕鱼的故事。"

"他们，"塞缪尔·费舍尔嘿嘿笑了，"他们就想和我玩纸牌……你知道为什么？因为他们输了不给我钱，而我赢了还要给他们钱。"

塞缪尔·费舍尔看着我问道："你喜欢玩纸牌吗？"

我说："有时候。"

"什么时候？"

"和巴尔梅斯和库布斯基在一起的时候，也是我输了不给钱，他们赢了还要给我钱。"

塞缪尔·费舍尔又嘿嘿笑了，他说："作家们都是一路货色。"

我惊讶地发现塞缪尔·费舍尔说着一口流利的中文，而且没有一丝外国人的腔调。如果不是看着他的脸，我会觉得是在和一个中国人聊天。我说："费舍尔先生，你的中文说得真好，你在哪里学的？"

"中文？"塞缪尔·费舍尔摇摇头说，"我从来没有学过。我倒是见过，中文是很神秘的语言。"

"你现在说的就是中文。"我说。

"我一直在说德语。"塞缪尔·费舍尔认真地看着我，"余先生，你的德语说得不错，像一个地道的法兰克福人。"

"不！"我叫了起来，"我一直在说中文，我根本不会说德语。"

在巴德伊舍的这个下午，奇妙的事情正在发生，塞缪尔·费舍尔说出的德语来到我这里时是中文，我说出的中文抵达他那里时是德语。我从未有过这样的经历，就是在梦中也没有过。

"真是奇怪，"我感叹起来，"我说中文，你听到的是德语；你说德语，我听到的是中文。"

"你们这个世界里的人总是大惊小怪。"塞缪尔·费舍尔用手指的关节轻轻敲打着圆桌灰蓝色的那一面，表示这个话题结束了。随后他再次说："我是一个渔夫，给我讲讲你的捕鱼故事。"

"好吧。"我同意了。

我首先向塞缪尔·费舍尔说明，我要讲的不是渔夫的捕鱼故事，也不是牙医的捕鱼故事，而是一个中国孩子的捕鱼故事。

那是"文化大革命"时期，我正在中国南方的一个小镇上成长，一条小河从我们的小镇中间流淌过去。小河里没有捕鱼的故事，只有航运的故事，捕鱼的故事发生在乡间的池塘里。当时我家还没有搬进医院的宿舍楼，还居住在一条小巷的尽头。我在夏天早晨打开楼上窗户看到的就是一望无际的田野，几个池塘散落在那里，在阳光下闪闪发亮仿佛是田野的眼睛。

我们小镇四周的田野里有不少池塘，夏季常常没有雨水，干旱的稻田就需要池塘里的水来灌溉。

童年的夏天在我记忆里炎热和无所事事，如果传来水泵的抽水声，那么激动人心的时刻来到了。我们这些穿着短裤背心的男孩向着水泵发出的声响奔跑过去，团团围住正在抽水的池塘，看着池水通过水管流向近旁的稻田。那时候的池塘仿佛正在下沉，当水面逐渐变浅时，水中的鱼开始跳跃了，我们在岸边欢蹦乱跳，我们和鱼一起跳跃。池水越来越浅，池底的淤泥显露出来后，鱼儿们在残留的水里还在努力跳跃。我们这些男孩将身上的背心脱下来，一头系紧了变成布袋，踩进池塘的淤泥里，把鱼一条一条地抓进用背心改装的布袋，这些鱼还在拼命挣扎，从我们手里一次次滑出，我们再一次次地抓住它们……这不是捕鱼，这是捡鱼。

我和哥哥各自提着装满背心布袋的鱼回到家中后，不是马上将鱼放进水缸里，而是找来两根绳子，将绳子从鱼嘴里穿进去，从鱼鳃处穿出来。然后重新穿上沾满鱼鳞的背心，我把穿在绳子里的鱼斜挎在身上，我哥哥则是提在手里，我们两个大摇大摆地走向了父母工作的医院。我们得意洋洋，我们背心上沾着的鱼鳞在阳光里闪亮，很像现在那些明星亮闪闪的衣服。我斜挎在身上的鱼有十多条，我觉得身上像是斜挎着子弹匣子，我的双手一路上都在做出冲锋枪扫射的动作，嘴里"嗒嗒"地叫个不停。有几条鱼还在挣扎着用尾巴拍打我的身体，我只好暂时停下嘴里扫射的"嗒嗒"声，命令它们"不许动，给我缴械投降"。我哥哥相对沉稳，面对街道上人们惊讶的啧啧声，他昂首阔步，一副趾高气扬的表情。

在那个贫穷的年代里，人们一年里难得吃上几次鱼和肉，看到两个男孩身上挎着和手里提着三十来条大小不一的鱼，街上的行人羡慕不已，纷纷走过来打听是从哪里捕来的？我的嘴里正忙着"嗒嗒"的冲锋枪扫射声，我哥哥回答了他们。他们急切地问那个池塘里还有鱼吗？我哥哥一脸坏笑地欺骗他们说还有很多鱼。他们有人开始向着那个池塘的方向奔跑，可是迎接他们的只有池塘里的淤泥了。

我们炫耀之旅的目的地是医院，我们的父亲正在手术室里忙着，我们走进了母亲所在内科门诊室。正在给病人开处方的母亲看到我们满载鱼儿进来，自然是笑容可掬，同时抱怨我们背心上都是鱼鳞，说她清洗时会很麻烦。坐在母亲对面的医生只有一个女儿，十分失落地说她要是有儿子就好了，儿子会给她捕来很多鱼，而她的女儿只会吃鱼。我母亲就让我哥哥给她几条鱼，我哥哥解开绳子，慷慨地取下了五条鱼给了她。她立刻喜气洋洋了，用了不少动听的词汇夸奖我哥哥，还说等她女儿长大了就嫁给我哥哥，弄得我哥哥满脸通红，伸手指着我连连说："嫁给他，嫁给他……"

塞缪尔·费舍尔听完了我的捕鱼故事，他愉快地笑着说："我小时候也在干旱后暴露出来的河床淤泥里抓过鱼……你们把鱼穿在绳子里走上大街的情景，我喜欢。"

我眺望远处，感到太阳从一个山峰移到了另一个山峰上，可是我和塞缪尔·费舍尔之间小圆桌上的明暗分隔线没有丝毫变化。塞缪尔·费舍尔所处的地方是那么地安静，人们在那里无声地走动，还有一些老式的汽车在无声地行驶；而我所在的地方却是喧哗嘈杂，人声、汽车声不绝于耳，有几个骑车的眼看着就要撞到我身上了，他们拐弯后又远离我。我感觉到风是一阵一阵的，有时候从我这边吹过去，有时候从他那边吹过来。我这边的风热气腾腾，夹杂着鲜花的气息和烤牛排的气息；从他那边吹来的风十分凉爽，只有纯粹的风的气息。

塞缪尔·费舍尔说："余先生，请你再说一个捕鱼的故事。"

我摘下墨镜，用手擦了一下满脸的汗水。我端详身旁的塞缪尔·费舍尔，他脸上一颗汗珠也没有。我戴上墨镜后，让思绪再次回到童年。

在中国，每个县都有人民武装部，这是军队的编制，不过这些军人的主要工作是训练民兵。人民武装部的军人那时候十分贫穷，他们嘴馋的时候也会想到来池塘里捕鱼。他们捕鱼的方法简单粗暴，就是往池塘里扔一颗手榴弹，把鱼炸死炸昏迷了浮到水面上，他们就用网兜捞鱼。

我们这些孩子只要看到人民武装部的几个军人手里提着两颗手榴弹和一只麻袋，肩上扛着绑上网兜的长长竹竿，就知道他们要去捕鱼了。我们紧随其后，来到他们选定的池塘后不敢站得太近，我们对手榴弹十分敬畏。那几个军人也站在离池塘20米左右的地方，其中一个军人拿着手榴弹走到池塘近旁，拉弦后把手榴弹扔进池塘时他立刻趴到地上。一声爆炸后，池水像喷泉一样冲起。等我们跑到池塘旁边时，池里的鱼全部漂浮在水面上了。为什么军人要提着两颗手榴弹？其实炸鱼一颗手榴弹就够了，另一颗手榴弹是专门对付我们这些孩子的。当我们准备跳下池塘抓鱼时，一个军人就会举起手榴弹高声喊叫，威胁我们马上就要将手榴弹扔进池塘了，我们吓得转身逃跑。然后，他们从容不迫地用网兜捞鱼了。

"用手榴弹炸鱼，以前的德国兵也干过。"塞缪尔·费舍尔笑着说，他举起食指，"请再讲一个故事，余先生，最后一个。"

最后一个故事说什么呢？我看着巴德伊舍的河水碧波荡漾，思绪在中国童年的记忆里四处寻找。几分钟以后，我找到了一个电力局工人的捕鱼故事。这些家伙捕鱼的方式十分隆重，他们将一台小型发电机搬到板车上，带上网兜和装鱼的麻袋，拉着板车招摇过市，人们一看就知道这些家伙要去干什么。他们来到田野里的一口池塘旁，将板车上的发电机发动了，在"突突"的响声里，他们将两根电线插进水里。池水立刻波动起来，随后鱼儿一片片地浮现出来，那情景像是万花齐放一样壮观。

电力局的工人和武装部的军人是一丘之貉，为了防止我们这些孩子下水抓鱼，一个工人用网兜捞鱼时，另一个工人手里拿着两根电线站在水边，看到我们的手往水里伸去时，立刻将电线插进水里，让我们尝尝触电的滋味。可是电的威慑力远不如手榴弹，我们中间有几个勇敢的孩子坚定地站在水边，只要看到工人的网兜伸进池水里捞鱼，就近迅速抓起一条鱼来。

那个拿着两根电线的工人十分为难，因为他要电孩子时，也会电到他的同事。他开始用假动作迷惑孩子，当网兜伸进水里时，他假装要将电线插进水里，孩子们吓得立刻缩回伸出的手。那个用网兜捞鱼的工人哈哈笑着，也做起了假动作，网兜进水后立刻抬起，拿着电线的工人心领神会，马上将电线插进了水里，那几个勇敢的孩子被电了几次，他们触电后浑身乱抖，尖叫地跳离水边。然后，这几个孩子也学会了做假动作。三方都做假动作就乱哄哄了，几个孩子假装将手伸向水面迷惑拿着电线的工人，骗他一次次徒劳地将电线插进池水里，有一次反而让那个用网兜捞鱼的工人触电了，他被手里的竹竿弹开去，一屁股坐在了地上。这个工人起身后对着双手拿着两根电线的工人破口大骂，拿着电线的工人抱歉地向他解释。这时候我们全体趁机跳到水边，抓起鱼就往岸上扔……

塞缪尔·费舍尔哈哈大笑了，他在巴德伊舍河边的这个下午里笑得如此开心，朗朗的笑声超过了两分钟。然后他的右手伸过来说："谢谢你的故事，这是一个愉快的下午。"

我和塞缪尔·费舍尔握手，我没有碰到他的手，可是我却觉得已经和他握手了。我说："我也很愉快。"

我们两人同时站了起来，塞缪尔·费舍尔对我说："余先生，你是我见过的德语说得最好的中国人。"

我对他说："费舍尔先生，我认识不少德国汉学家，你的中文比他们说得好。"

我们挥手道别。塞缪尔·费舍尔在广阔的黑白照片里走去，我在广阔的彩色照片里走来。

二○一一年二月二十四日

注：此文是为庆祝费舍尔出版公司成立120周年而写，这是德国最具声望的出版公司之一。文中提到的塞缪尔·费舍尔是费舍尔出版公司的创始人，易卜生、豪普特曼、托马斯·曼和卡夫卡都是费舍尔出版公司的作者，巴尔梅斯和库布斯基是费舍尔出版公司的编辑。